AF745814

www.ingramcontent.com/pod-product-compliance
Lightning Source LLC
LaVergne TN
LVHW010838051026
849532LV00007B/2745

* 9 7 8 9 3 6 9 0 8 3 7 8 7 *

کہانیوں کی بستی

(بچوں کی کہانیاں)

مرتبہ:

سید حیدر آبادی

Kahaniyon Ki Basti (Short Stories)
by: Syed Hyderabadi
Edition: December '2025
Publisher :
Taemeer Publications LLC (Michigan, USA / Hyderabad, India)

ISBN 978-93-6908-378-7

کتاب	:	**کہانیوں کی بستی**
مرتب	:	**سید حیدرآبادی**
بہ تعاون	:	روشنائی ڈاٹ کام ویب سائٹ
صنف	:	ادب اطفال
ناشر	:	تعمیر پبلی کیشنز (حیدرآباد، انڈیا)
سالِ اشاعت	:	۲۰۲۵ء
صفحات	:	۹۶
سرورق ڈیزائن	:	تعمیر ویب ڈیزائن

فہرست

پیش لفظ

بچوں کا ادب، جسے اکثر اوقات صرف تفریح کا ذریعہ سمجھا جاتا ہے، در حقیقت انسانی ذہن کی تشکیل اور تخیل کی پرواز کے لیے ایک غیر معمولی ذریعہ ہے۔ یہ وہ ابتدائی سیڑھی ہے جہاں سے بچے دنیا کو سمجھنا شروع کرتے ہیں، اخلاقی اقدار سیکھتے ہیں، اور اپنے اندر موجود تجسس اور ہمدردی کی صلاحیتوں کو پروان چڑھاتے ہیں۔ بچوں کا بین الاقوامی افسانوی ادب اس لحاظ سے اور بھی اہم ہو جاتا ہے کہ یہ بچوں کو اپنی ثقافتی حدود سے باہر کی دنیا سے متعارف کراتا ہے۔ مختلف ممالک، مختلف رسم و رواج اور متنوع کرداروں کے ذریعے کہانیاں بچوں کو یہ احساس دلاتی ہیں کہ دنیا ایک رنگارنگ اور وسیع جگہ ہے، جہاں ہر فرد منفرد اور قیمتی ہے۔ یہ کہانیاں زبان کی رکاوٹوں کو توڑ کر ایک عالمی برادری کا احساس دلاتی ہیں، جہاں ہر بچہ ایک ہی انسانی تجربے کا حصہ ہے۔ اچھی کہانیاں نہ صرف بچوں کو دل بہلاتی ہیں بلکہ انہیں تنقیدی سوچ، مسائل کو حل کرنے کی صلاحیت اور مختلف نقطہ نظر کو سمجھنے کی بصیرت بھی فراہم کرتی ہیں۔ یہ انہیں چیلنجز کا سامنا کرنے کی ہمت دیتی ہے، انہیں دکھ اور خوشی جیسے جذبات سے آشنا کرتی ہیں، اور انہیں سکھاتی ہیں کہ ہر کہانی میں ایک سبق چھپا ہوتا ہے۔ مترجم شدہ ادبی کام خاص طور پر بچوں کے لیے انمول ہوتے ہیں کیونکہ یہ انہیں دوسری ثقافتوں کے ہیروز، ان کی فتوحات، اور ان کی جدوجہد سے ملاتے ہیں، جس سے ان کی دنیا کا نظریہ وسیع ہوتا ہے اور وہ ایک زیادہ

باشعور اور ہمدرد انسان بنتے ہیں۔ کہانیوں کے ذریعے وہ نئے الفاظ سیکھتے ہیں، اپنی زبان پر عبور حاصل کرتے ہیں، اور سب سے اہم، زندگی کے وہ سبق سیکھتے ہیں جو انہیں ایک بہتر مستقبل کی جانب رہنمائی کرتے ہیں۔ یہ بین الاقوامی کہانیاں، جب ہماری اپنی زبان میں ڈھل کر بچوں تک پہنچتی ہیں، تو وہ ایک پل کا کام کرتی ہیں، جو ثقافتوں کے درمیان سمجھ اور یگانگت پیدا کرتی ہیں۔ یہ بچے کے تخیل کو پرواز بخشتی ہیں، انہیں نئے خواب دیکھنے اور بڑے مقاصد حاصل کرنے کی ترغیب دیتی ہیں۔ زیرِ نظر کتاب "کہانیوں کی بستی" بھی اسی مقصد کے تحت پیش کی جارہی ہے، جہاں قاری کو دنیا بھر کی سنسنی خیز اور سبق آموز نو(۹) عدد کہانیوں کا مجموعہ اردو ترجمے کے ساتھ پڑھنے کو ملے گا۔

"پوشیدہ راز" میں ہم ماریہ کے ایک خفیہ دنیا میں قدم رکھنے اور پھر ہمت سے اپنی ڈر پر قابو پانے کی کہانی پڑھتے ہیں، جو آخرکار اسے تنہا چھوڑ جاتی ہے مگر ایک نئے اعتماد سے نوازتی ہے۔ "دوسری بس" اخلاقیات اور ظاہری شکل وصورت کے درمیان فرق کو ایک دلچسپ انداز میں پیش کرتی ہے، جہاں بچوں کو ان کے بدتمیز رویوں کے بارے میں آئینے میں جھانکنے کا موقع ملتا ہے۔ "جادو کا لفظ" نینسی نامی بچی کی کہانی ہے جسے اپنے دادا سے ایک جادوئی لفظ ملتا ہے، جس کے ذریعے وہ ہر اس چیز کو غائب کر دیتی ہے جو اسے ناپسند ہو، مگر جلد ہی اسے اپنے کیے کا احساس ہو جاتا ہے۔ "جھیل کے اس پار" ہمیں گرِم برادرز کی ایک کلاسیکی مہم پر لے جاتی ہے، جہاں ایک بہادر لڑکا اپنی قسمت اور دانشمندی سے مشکل سوالات کے جواب تلاش کرتا ہے اور ایک لالچی بادشاہ کو سبق سکھاتا ہے۔

"دو دوستوں کی ایک کہانی" ایک جنگ زدہ ماحول میں سچی دوستی، ملک سے محبت اور عظیم قربانی کی داستان ہے، جہاں دو دوست اپنی جان دے کر دشمن کا ٹھکانہ تباہ کر دیتے ہیں۔ "چوری" سرجی کی کہانی ہے، جو اپنی مکاری اور لالچ کی وجہ سے ایک چور کو اپنے ہی

گھر چوری کرنے پر مجبور کرتا ہے، مگر اس کا اپنا ہی منصوبہ اس پر بھاری پڑ جاتا ہے اور اسے بھاری نقصان اٹھانا پڑتا ہے۔ ایڈگر ایلن پو کی مشہور کہانی "خط کی چوری" میں سراغ رساں دوپن اپنی ذہانت اور نفسیاتی بصیرت سے پولیس کی ناکامیوں کے باوجود ایک اہم خط بازیاب کراتا ہے، جو سوچ کے روایتی طریقوں کو چیلنج کرتا ہے۔ "مقابلہ کتب بینی" ہنری کی مضحکہ خیز کوششوں کو بیان کرتی ہے جو بغیر کتابیں پڑھے ایک کتابی مقابلے کو جیتنے کی کوشش کرتا ہے، اور اسے ایک ایسا انعام ملتا ہے جو اس کے لیے ایک سزا بن جاتا ہے۔ آخر میں، وکٹوریا وڈ کی "ایپرن" ایک سپر مارکیٹ میں حفظان صحت کی خوفناک صورتحال کو مزاحیہ انداز میں طنزیہ طور پر پیش کرتی ہے، جہاں کسٹمر کو سستی اشیاء کی لالچ میں ہر طرح کی گندگی قبول کرنی پڑتی ہے۔

یہ کہانیاں بچوں اور بڑوں دونوں کے لیے یکساں طور پر دلچسپ اور بصیرت انگیز ہیں۔ ہم امید کرتے ہیں کہ "کہانیوں کی بستی" کا یہ سفر آپ کے دل و دماغ کو تازہ دم کرے گا اور آپ کو کئی نئے زاویوں سے سوچنے پر مجبور کرے گا۔

۱

پوشیدہ راز

مصنف: Margaret Mahy

مترجم: ماہم احسن

جہاں دریا سمندر سے ملتا ہے، وہیں پر اس قصبے کا کھیل کا میدان تھا۔ اس کھیل کے میدان کے برابر میں ایک بڑا سفید گھر تھا۔ جہاں 'ماریہ' رہتی تھی۔ ہر روز اسکول سے آنے کے بعد وہ کچھ دیر کے لیے کھڑکی میں کھڑی ہو کر میدان کے جنگلے کے اس پار موجود بچوں کو دیکھتی۔ اس کے دل میں بھاگتے ہوئے ان بچوں سے جا ملنے کی خواہش زور پکڑتی۔ وہ تمام دوپہر جھولوں کے اوپر نیچے جانے سے آنے والی آوازیں سنتی۔ وہ ان تمام بچوں کو دیکھتی جو کھیل کے میدان میں ادھر سے ادھر بھاگتے پھرتے۔

"ہاں! میں وہاں جاؤں گی۔ میں ضرور جاؤں گی اور پھسلنے والے جھولے پر جھولا جھولوں گی۔" وہ سوچتی۔

لیکن پھر اسے اپنے ہاتھ گرم محسوس ہوتے اور اس پر کپکپی سی طاری ہو جاتی، پیٹ میں مروڑ سے اٹھتے، دل تیزی سے دھڑکنے لگتا، اور وہ جان جاتی کہ وہ پھر ڈر گئی

ہے۔

ماریہ کا بھائی 'جم' اور بہن 'جولیا' دونوں اس سے ایک برس چھوٹے تھے۔ وہ کھیل کے میدان میں جانے سے ڈرتے نہیں تھے۔ جولیا پھسلن والے جھولے پر پھسلتے ہوئے اپنے بازو کھول کر پھیلا دیتی اور کھکھلا کر ہنستے ہوئے پھسل جاتی۔ جم گول گھومنے والے جھولے پر بیٹھ کر اس وقت تک گھومتا ہی رہتا جب تک وہ خود کو ایک لڑکے کے بجائے ایک لٹو محسوس نہ کرنے لگتا، پھر وہ چھلانگ لگا کر اتر آتا۔ اور زور زور سے ہنستے ہوئے گھاس پر قلابازی کھانے لگتا۔ لیکن جب ماریہ پھسلن والے جھولے پر بیٹھتی، اسے یوں لگتا کہ پھسلن کی ہموار اور چمکدار لکڑی سے اس کی ٹانگوں کا پچھلا حصہ جلنے لگا ہے۔ وہ اتنی تیزی سے اترتی کہ نیچے پہنچتے ہی الٹ کر گر جاتی اور سارے بچے اس پر ہنسنے لگتے اور جب وہ گھومنے والے جھولے پر بیٹھتی تو آسمان اور ارد گرد موجود درخت اسے اتنی تیزی سے گھومتے نظر آتے کہ اسے متلی ہونے لگتی۔ اس کے علاوہ جھولے پر پینگیں لیتے ہوئے بھی اسے اتنا ڈر لگتا کہ وہ اس کی زنجیریں بہت مضبوطی سے پکڑ لیتی یہاں تک کہ اس کے ہاتھوں پر سرخ نشان پڑ جاتے۔

"نا جانے میں کیوں اتنا ڈر جاتی ہوں؟" وہ اداسی سے سوچتی اور مزید سوچیں اس کے ذہن پر قبضہ کر لیتیں۔ "اگر میں جھولا جھولوں اور جھولتے ہوئے اس بارے میں نہ سوچوں تو سب ٹھیک رہے گا۔ صرف چھوٹے بچے جھولا جھولتے ہوئے گرتے ہیں۔ شیروں اور بھیڑیوں سے ڈرنا ٹھیک ہے لیکن جھولوں سے ڈرنا۔۔۔ یہ کتنی عجیب بات ہے۔"

اس رات ایک عجیب بات ہوئی۔ رات کو ماریہ کی امی کھڑکی پر پردہ ڈالنا بھول گئیں۔ اتفاق سے کھڑکی بھی کھلی ہوئی تھی۔ اور ٹھنڈی ہوا کمرے میں آرہی تھی۔ ماریہ نے سوتے ہوئے کروٹ بدلی۔چاند کی ہلکی روشنی اور ٹھنڈی ہوا کے باعث اس کی آنکھ کھل گئی۔

چاند کی روشنی میں تمام چیزیں کتنی مختلف اور چمکدار لگ رہیں تھیں۔ دریا خاموش تھا اور روانی سے بہہ رہا تھا۔ دریا کا دوسرا حصہ جو آگے جا کر سمندر سے ملتا تھا بالکل سیاہ نظر آرہا تھا اور وہ پارک جہاں دن میں بہت چہل پہل اور شور رہتا تھا وہ بھی بالکل چپ چاپ تھا۔ یہ منظر بہت ہی عجیب لگ رہا تھا، شاید اس لیے کہ سارے جھولے اپنی جگہ پر ساکت کھڑے تھے۔ تمام لال، ہرے اور نیلے رنگ کے جھولے چاندنی رات میں کسی بھوت کی طرح نظر آرہے تھے۔ یوں لگ رہا تھا کہ یہ پارک کوئی چابی سے چلنے والا کھلونا ہے جو دن کی روشنی اور کھیلنے والے بچوں کا انتظار کر رہا ہے تاکہ وہ دوبارہ چلنا شروع کردے۔ اچانک ماریہ کو دور کہیں قصبے کی گھڑی کی ٹن ٹن کی آواز آئی۔ آدھی رات ہو گئی تھی۔

اس نے سوچا کہ چاند کی روشنی نے یقیناً گھڑی پر بھی کچھ نہ کچھ اثر کیا ہے۔ گھڑی کی آواز دن کے مقابلے میں زیادہ صاف سنائی دے رہی تھی۔ وہ یہ سوچ ہی رہی تھی کہ اسے چاند پر کچھ سائے نظر آئے۔

"چڑیل؟" وہ حیرت سے بول اٹھی۔ اس سے پہلے کہ وہ اپنے آپ کو یاد دلا پاتی کی چڑیلیں صرف لوگوں کی گھڑی ہوئی کہانیوں میں ہوتی ہیں ظاہر ہے کہ یہ چڑیلیں نہیں تھیں۔ بس ایک پرندوں کا جھنڈ تھا جو سمندر سے گزر کر اب زمین کی

طرف آرہا تھا۔

"اب یہ پرندے دریا کے کنارے رکیں گے۔"اس نے سوچا۔"کتنی بیوقوفانہ بات ہے کہ مجھے نہیں معلوم تھا کہ پرندے رات کو بھی اڑتے ہیں۔شاید یہ آج اس لیے اڑ رہے ہیں کیونکہ آج پورے چاند کی رات ہے۔"

وہ سمندر کے کنارے پہنچے اور اسی لمحے ماریہ کو لگا ایک لمحے کے لیے اس کی آنکھوں پر پردہ سا آگیا۔ اور جب پردہ ہٹا تو اس نے جو دیکھا،وہ اس کی جان نکال دینے کے لیے کافی تھا۔

دریا کے کنارے، درختوں کے درمیان سے جہاں پرندے اترے تھے وہیں پر سے چند بچے نمودار ہوئے۔ہاں سچ مچ وہ بچے ہی تھے۔بچے دوڑتے، اچھلتے، قلقاریاں بھرتے ہوئے ہنستے مسکراتے ہوئے چہروں سے اس کھیل کے میدان تک پہنچے۔

ماریہ آسانی سے ان کے گھاس پر چلتے ننگے پاؤں،ہوا سے اڑتے ہوئے سنہرے بال اور ان کی شرارت سے چمکتی آنکھیں دیکھ سکتی تھی۔ وہ کھیل کے میدان میں پھیل گئے اور مختلف جھولے جھولنے لگے۔ ہنڈولا اوپر سے نیچے گھومنے لگا۔ گھومنے والا جھولا بہت تیزی سے گھوم رہا تھا۔

بچے خوشی سے ہنستے مسکراتے کھیل میں مگن تھے۔ جبکہ ماریہ اشتیاق سے ٹکٹکی باندھے انہیں تکے جارہی تھی اور اس کا دل چاہنے لگا کہ وہ بھی ان کے ساتھ مل کر مزے کرے، جھولے جھولے، ہنسے۔ اب اس کو بالکل بھی ڈر نہیں لگ رہا تھا۔ وہ خود حیران تھی کہ آج اس کے اوپر کپکپی کیوں طاری نہیں ہوئی؟ مگر وہ بس کھیل کے میدان میں جانے سے شرما رہی تھی۔ وہ انہیں کھیلتے ہوئے غور سے دیکھتی رہی اور

بچے کھیلتے رہے۔

ماریہ کو یاد نہیں تھا کہ وہ کب تک دیکھتی رہی۔ بس جب اس کی آنکھ کھلی تو وہ کھڑکی کے پاس اپنے ہاتھوں کے سہارے بیٹھی ہوئی تھی۔اس نے بے یقینی سے کھیل کے میدان کی طرف دیکھا۔ صبح کی سفیدی آہستہ آہستہ پھیل رہی تھی اور کھیل کا میدان بالکل خالی تھا۔

"کیا یہ سب خواب تھا؟"وہ متعجب تھی۔ ناشتے کے دوران بھی وہ مسلسل سوچوں میں گم رہی۔ "کیا آج رات بھی وہ آئیں گے ؟"

"اٹھ جاؤ بیوقوف! کہاں گم ہو؟"جولیا نے اس کے سامنے ہاتھ لہرایا۔"اسکول نہیں جانا کیا؟ ہمیں دیر ہو رہی ہے۔"

اسکول میں پورا دن ماریہ گہری سوچ میں گم رہی۔ وہ ان بچوں کے متعلق سوچتی رہی جو کہ پورے چاند کی روشنی میں آئے تھے۔ وہ بہت سست اور خاموش تھی۔ جم اور جولیا مسلسل اسے چھیڑتے رہے اور اسے خوابوں میں رہنے والی کہہ کر مخاطب کرتے رہے۔ لیکن ماریہ نے انہیں یہ نہیں بتایا کہ گزشتہ رات اس نے کیا خواب دیکھا تھا۔

اس رات چاند کی چمک نے اسے پھر بیدار کر دیا۔اس نے بے چینی سے کھڑکی سے جھانکا مگر آج بچے موجود نہیں تھے۔ کھیل کا میدان اداس دکھائی دیتا تھا۔ لیکن پھر کچھ دیر بعد ماریہ کو پرندوں کے پھڑ پھڑانے کی آواز سنائی دی۔ ہاں یہ وہی پرندے تھے پھر وہ سمندر کے کنارے اترے اور درختوں کے اندر غائب ہو گئے۔ پھر وہ اچھلتے کودتے کھیل کے میدان تک پہنچے۔ماریہ اشتیاق سے کھڑکی سے جھانک

کر دیکھ رہی تھی۔ اچانک ایک بچے کی نظر اس پر پڑی۔ بچے نے تمام بچوں کو ماریہ کی طرف متوجہ کیا۔ اب سب بچے اکٹھے باڑ کے پاس جمع ہو کر ماریہ کو گھورنے لگے۔ کچھ سیکنڈ تک وہ ماریہ کو اور ماریہ ان کو دیکھتی رہی۔ ان کے بال آج بھی ہوا سے اڑ رہے تھے اور ان کی آنکھیں ستارے کی مانند چمکتی تھیں۔

پھر وہ ایک ترنگ سے اچھلنے کودنے لگے اور ہاتھوں کے اشارے سے اپنی طرف متوجہ کرنے لگے۔ وہ اسے بلا رہے تھے!!

ماریہ جلدی سے کھڑکی سے باہر نکل گئی۔ وہ شب خوابی کا لباس پہنے ہوئے تھی، بچوں سے جا ملی۔ بچوں نے اس کے گرد مجمع لگالیا اور خوشی سے اس کے گرد گھومنے لگے۔ یہ ان کی خوشی کا اظہار تھا۔

ماریہ کو یہ سب کسی خواب کی طرح محسوس ہو رہا تھا۔ وہ اب بچوں کے ساتھ گھومنے والے جھولے پر بیٹھی تھی۔ وہ بہت خوش تھی۔ حیرت انگیز طور پر اس کو ذرا بھی متلی محسوس نہیں ہو رہی تھی۔ وہ بچوں کے ساتھ ہنس رہی تھی، کھیل رہی تھی۔ پھر وہ ایک بچے کے ساتھ ہنڈولے پر بیٹھی۔

"اوہ میں اڑ رہی ہوں۔" وہ خوشی سے چلائی پھر اچانک جھولے نے ایک غیر متوقع ہچکولا لیا تو ماریہ بے اختیار ہنس پڑی۔ وہ پینگیں لینے جھولے پر بیٹھی۔ وہ بہت اونچا جھول رہی تھی۔

"میں آج تک اتنا اونچا نہیں جھولی۔" وہ حیرت سے بولی۔ اسے لگ رہا تھا کہ جھولا خود بخود اونچا ہوتا جا رہا ہے۔ اسے محسوس ہوا کہ جھولا اس گھوڑے کی طرح بھاگ رہا ہے جس کے پر لگ گئے ہوں یا پھر اس کشتی کی طرح جو تیزی سے سمندر کی

لہروں کو چیرتی ہوئی آگے بڑھ رہی ہو۔

"واؤ۔۔۔یاہو۔۔۔" وہ چلائی۔ "اس جھولے کے پر لگ گئے ہیں۔"

بچے اس کے ساتھ ہنسنے لگے۔ وہ خوشی سے کھیل کے میدان میں گھومنے لگے لیکن وہ کچھ نہ بولے۔ کبھی کبھی ماریہ کو یوں محسوس ہوتا جیسے وہ کچھ گا رہے ہوں۔ لیکن وہ گاتے ہوئے ہمیشہ اس سے کچھ دور رہتے، اس لیے اس کو ان کے الفاظ سمجھ میں نہیں آتے۔

کھیلتے کھیلتے آدھی رات بیت گئی اور بچوں نے اپنا کھیل ختم کر دیا۔ پھر بچے میدان سے نکل کر بھاگنے لگے۔ ان کا رخ درختوں کی طرف تھا۔ ماریہ اداسی سے ان کو جاتے ہوئے دیکھتی رہی۔ جب وہ میدان سے نکل کر اپنے کمرے کی کھڑکی کے پاس پہنچی تو اس نے پرندوں کے پھڑپھڑانے کی آواز سنی، پرندے جا رہے تھے۔ اس نے ان کی طرف ہاتھ ہلایا اور بستر پر لیٹ گئی۔

اگلے دن جب جم اور جولیا کھیل کے میدان میں جانے لگے تو ماریہ نے ان کو آواز دی۔

"رکو، میں بھی آ رہی ہوں۔" اس نے کہا۔

"اگر تم گر جاؤ یا تمہیں ڈر لگے تو میرے پاس مت آجانا۔" جولیا نے اس کا تمسخر اڑایا مگر جم مہربانی سے بولا:

"میں تمہاری مدد کر دوں گا۔۔۔ تم مجھے بتا دینا اگر تمہارا سر چکرائے۔"

"مگر میرا سر نہیں چکرائے گا۔" ماریہ نے جلدی سے کہا۔

جولیا نے متعجب ہو کر اسے دیکھا۔ وہ بے حد خوش اور بہادر نظر آ رہی تھی۔

"یہ راتوں رات کیا ہو گیا؟" جولیا نے طنز کیا۔

ماریہ نے کندھے اچکائے اور کوئی جواب نہیں دیا۔

پھر ان دونوں نے حیرت سے ماریہ کی طرف دیکھا جو کھیل کے میدان میں بڑے مزے سے ایک کے بعد ایک جھولے پر مزے سے جھول رہی تھی۔ گھومنے والے جھولے پر، پھسلنے والے جھولے پر، ہنڈولے پر اور پینگوں والے جھولے پر وہ بہت اونچا جھولا جھول رہی تھی۔ سب بچوں سے زیادہ اونچا!!

"آج ماریہ نے کھیل کے میدان میں بڑی بہادری دکھائی۔" جم نے شام کی چائے پیتے ہوئے بتایا۔

"مجھے ہمیشہ سے معلوم تھا کہ میری بیٹی بہت بہادر ہے۔" بابا نے پیار سے اس کی طرف دیکھا۔ ماریہ جھینپ کر مسکرا دی۔

اگلی رات اور اس سے اگلی رات، ماریہ ہر رات کھیل کے میدان میں ان بچوں کے ساتھ کھیلتی۔ اس کو یہ سب جادو معلوم ہوتا مگر پھر بھی وہ خوش تھی اور پرجوش بھی کیونکہ اس کے پاس ایک انوکھا راز جو تھا۔ اس کی آنکھیں جگمگاتی تھیں، وہ خوش رہتی، وہ بہت بہادر ہو گئی تھی۔ کھیل کے میدان میں تمام بچے اس کو حیرت سے دیکھتے۔ وہ دبو سی بچی کہاں گئی اور یہ بہادر کیسے ہو گئی۔

"مما!" جولیا نے کہا۔ "کیا آپ کو معلوم ہے ماریہ کتنا اونچا جھولا جھولتی ہے۔ سب بچوں سے زیادہ اونچا، جم سے بھی زیادہ!!"

"کیا تمہیں اب ڈر نہیں لگتا؟" مما نے حیرانی سے ماریہ سے پوچھا۔

"بالکل نہیں۔" ماریہ نے بہادری سے جواب دیا۔ "مجھے اب ذرا بھی خوف محسوس نہیں ہوتا۔"

"پہلے ماریہ ہر چیز سے ڈرتی تھی۔" جولیا نے کہا۔ "مگر اب یہ سب سے زیادہ بہادر ہو گئی ہے۔"

ماریہ فخر سے مسکرادی۔

وہ ہر رات ان بچوں کا انتظار کرتی کیونکہ ہر رات اس کے لیے خوشیوں کا سامان لاتی۔ ماریہ اپنے ان دوستوں کے ساتھ بے حد خوشی محسوس کرتی۔

"مجھے دیکھو!!" اس رات وہ خوشی سے چلائی۔

وہ ایک سی سا (ایک جھولا جو اوپر سے نیچے کی طرف آتا ہے اور اس پر دو بچے بیٹھتے ہیں) کے آخری سرے پر کھڑی ہوئی تھی 'سی سا' کے دوسرے سرے پر موجود بچہ کھکھلایا اور وہ بھی کھڑا ہو گیا مگر وہ پیروں پر نہیں بلکہ ہاتھوں کے بل پر کھڑا تھا!!

ماریہ جب جھولے پر پینگیں لینے لگی تو اس نے بہت اونچا جھولا جھولا۔ وہ جھولے کو تیز کرتی گئی۔ تاکہ وہ اونچا ہو جائے بہت اونچا۔ اس کو لگا وہ ستاروں تک پہنچ رہی ہے!!

"میری طرف دیکھو۔۔۔" اس نے دوبارہ پکارا۔ "دیکھو۔۔۔"

اس کے برابر میں جھولے پر پینگیں لیتے ہوئے بچہ پراسرار انداز میں مسکرایا اور ماریہ سے زیادہ تیز رفتار میں جھولا جھولنے لگا۔

ماریہ کا صبر جواب دینے لگا۔

"یہ میرے ساتھ چالاکی ہے۔" وہ چلائی۔ "کیونکہ میں ایک زندہ انسان ہوں، لیکن تم۔۔۔ تم تو پرندوں کے جھنڈ میں سے ہو۔۔۔"

اچانک میدان میں خاموشی چھاگئی، مسکراہٹیں تھم گئیں، اور گانے والوں نے گانا بند کر دیا۔ جھولے رک گئے۔ گھومنے والا جھولا آہستہ ہونے لگا، سی سا رک گیا۔ ماریہ نے دیکھا تمام بچوں کے چہرے زرد ہوگئے پھر اچانک وہ کوئی آواز نکالے بغیر درختوں کی جانب بھاگنے لگے۔ ماریہ ٹھنڈی پڑگئی۔ یہ اس نے کیا کر دیا تھا!!

"نہیں جاؤ۔۔۔ مہربانی کر کے رک جاؤ۔۔۔" وہ بے چینی سے چیخی۔ "مجھے معاف کر دو۔۔۔ میں نے غلط کہہ دیا۔۔۔"

جب اس نے یہ کہا تو اس کی آواز خالی میدان میں گونجی۔

"میرا یہ مطلب نہیں تھا۔۔۔" اس نے دوبارہ کہا۔ مگر وہاں اس کو سننے کے لیے کوئی نہیں تھا۔ "مت جاؤ۔۔۔!" وہ دوبارہ گویا ہوئی۔

کھیل کا میدان خاموشی سے اس کو سن رہا تھا۔ وہ بہت پریشان ہوگئی تھی، اور شرمندہ بھی تھی۔

"میں معافی چاہتی ہوں۔۔۔!!" اس نے سرگوشی میں کہا۔

باوجود اس کے کہ یہ صرف ایک سرگوشی تھی مگر انہوں نے سن لی تھی، کیونکہ انھوں نے جواب دیا تھا۔ ماریہ کو ان کی قلقاریاں اور آوازیں آئیں جو اسے خوشی خوشی الوداع کر رہی تھیں۔

اگلے ہی لمحے اس نے دیکھا پرندوں کا جھنڈ سمندر کے اوپر سے گزر کر واپس گم نام خطے کی جانب جا رہا تھا، جہاں سے وہ آیا تھا۔ ماریہ اس وقت انہیں دیکھتی رہی جب

تک کہ وہ نظروں سے اوجھل نہ ہوگیا۔ اب وہ اکیلی کھیل کے میدان میں چپ چاپ کھڑی تھی۔ اس نے ایک جھولے کو ہلکا سا دھکا دیا اور ایک اداسی سے بھری ہوئی آواز پورے میدان میں پھیل گئی۔ اب اس کے لیے یہاں کھڑا ہونا بیکار تھا۔ وہ بوجھل قدموں سے کھڑکی کی جانب بڑھ گئی۔

ماریہ ابھی بھی کھیل کے میدان میں کھیلتی ہے اور وہ آج بھی اسی طرح بہادر ہے، مگر ابھی بھی اس کے دل میں ایک خواہش پیدا ہوتی ہے۔ رات کا وقت ہو اور چاند اپنی چاندنی پھیلا رہا ہو۔ وہ بیدار ہو جائے اور اچانک انجان پرندوں کا جھنڈ آئے اور بچوں میں تبدیل ہو جائے، وہ بچے اسے کھیلنے کے لیے بلائیں۔ وہ ان کے ساتھ کھیلے، خوب کھیلے!!

لیکن کھیل کا میدان ہمیشہ خالی رہا، وہ چاندنی رات میں آنے والے بچے، ان کی مسکراہٹیں اور ان کے گانے ہمیشہ کے لیے چلے گئے تھے۔ وہ کبھی لوٹ کر واپس نہیں آئے۔ وہ ایک ایسا راز بن گئے تھے جو کبھی آشکار نہیں ہوتا۔

***

۲

دوسری بس

مصنفہ: Enid Blyton

مترجم: محمد الیاس نواز

کالن اور سوئی اپنی خالہ فائیلیس سے ملنے ان کے گھر گئے۔خالہ کے ساتھ خوب صورت اور یاد گار وقت گزارنے کے بعد جب واپس ہونے لگے تو خالہ نے ان سے کہا:

"تمہیں معلوم ہے ناں۔۔۔کہ کون سے کونے پر بس کا انتظار کرنا ہے۔۔۔؟سڑک کے اختتام پر وہی موڑ۔۔۔ جس کے پاس ایک بڑا سا شاہ بلوط کا درخت ہے۔۔۔بس ہمیشہ وہیں رکتی ہے۔"

اور بچے بس پکڑنے کو اٹھ کھڑے ہوئے۔

خالہ فائیلیس شہر سے دور ایک قصبے میں رہتی تھیں اور یہ بچے بل کھاتے راستوں، پگڈنڈیوں، اونچی اونچی جھاڑیوں اور خود رو سدا بہار پودوں کے دلدادہ تھے جن پر زرد رنگ کے پھول سال بھر کھلے رہتے تھے۔

"کیا یہ موڑ ہم درست راستے کی جانب مڑے ہیں؟" اچانک سوئی نے سوال کیا۔ "مجھے تو یہ راستہ دیکھا بھالا معلوم نہیں ہوتا۔"

"اچھا!!۔۔۔ مگر دیکھو!۔۔۔اس طرف سڑک کے اختتام پر شاہ بلوط کا ایک بڑا سا درخت تو موجود ہے۔" کالن بولا۔" اس کا لازمی مطلب یہ ہے کہ سب کچھ بالکل ٹھیک ہے۔ اب یہاں کھڑے ہو کر انتظار کرتے ہیں۔"

بالکل قریب ہی سڑک کا اختتام جہاں تھا لکڑی کی چند نشستیں لگی ہوئی تھیں اور ان پر مختلف لوگ بیٹھے انتظار کر رہے تھے۔ دونوں بچے ٹکٹکی باندھے انہیں دیکھنے لگے۔ یہ عجیب سا اجنبی ماحول ان کے لیے خاصا حیران کن تھا۔

انتظار کرنے والوں میں انہیں ایک بوڑھا شخص نظر آیا جس نے لال رنگ کی ٹوپی لگا رکھی تھی اور اس ٹوپی پر ایک پیلے رنگ کا لمبا پر لگا ہوا تھا۔ قدرے بڑی عمر کی دو خواتین جن میں سے ایک کے کندھے پر دل کش رنگوں والا ایک توتا بیٹھا تھا جبکہ دوسری نے گود میں ایک سیاہ بلی اٹھا رکھی تھی جس کی آنکھیں کٹے ہوئے سیب کی طرح سبز تھیں۔ وہاں ایک نوجوان خاتون بھی موجود تھی جس کی گود میں ایک بچہ تھا۔ یہ بچہ اتنا ہی معصوم اور دل کش تھا جتنے کہ بچے ہوا کرتے ہیں مگر اس کے نہایت عجیب سے کان نیلی ٹوپی کے نیچے سے نکلے کھڑے تھے۔ بچے کے کان معمول سے زیادہ لمبے تو تھے ہی مگر ان کی نوکیں بھی اوپر کو نکلی ہوئی تھیں۔ اس چھوٹی دنیا نے ہاتھ میں ایک جھنجھنا پکڑ رکھا تھا جس سے اچھوتی سی "چھن چھن" کی آواز آ رہی تھی۔

اسی وقت بس آ پہنچی اور لوگ اسے پکڑنے کے لیے اٹھ کھڑے ہوئے۔ یہ

نیلے رنگ کی ایک خوش نما بس تھی جس کے پہیے لال اور چھت پیلے رنگ کی تھی۔ کالن اور سوئی یہ انتظار کیے بغیر کہ پہلے اترنے والے اتر جائیں۔۔۔ باقی سب کو سامنے سے دھکیلتے ہوئے اور بزرگ کو کہنی مار کے ایک طرف ہٹاتے ہوئے بس میں جا گھسے جو کہ ان کا معمول تھا۔

"یہ کیا بد اخلاقی ہے!" بوڑھے آدمی نے کہا مگر کالن اور سوئی نے کوئی پروانہ کی۔ وہ بس میں سوار ہو چکے تھے اور انہیں اور کسی سے نہ تو کوئی مطلب تھا، نہ کسی کی فکر۔ وہ آرام سے بیٹھ گئے۔ بس زیادہ ہی بھری ہوئی تھی اور بوڑھی خاتون کے بیٹھنے کو کوئی نشست خالی نہ تھی۔ یہی وجہ تھی کہ وہ دھاتی ڈنڈے کو پکڑے راہ داری میں کھڑی تھیں۔

"اے لڑکے! تم کھڑے ہو جاؤ اور اپنی نشست اس بزرگ خاتون کو دے دو۔" بزرگ شخص نے کہا۔ "تم کچھ اخلاقیات بھی جانتے ہو؟ تمہارے دل میں ذرا بھی ہمدردی ہے؟۔۔۔ اور تم دیکھ نہیں رہے کہ ایک بوڑھی خاتون جس نے خریداری بھی کرر کھی ہے۔۔۔ اور تھکی ماندی ہے، وہ کھڑی ہوئی ہے۔"

"میں نے اپنی نشست کا کرایہ ادا کیا ہے اور میں یہاں بیٹھنے کا حق رکھتا ہوں۔" کالن نے روکھا سا جواب دیا۔ وہ ہمیشہ ایسا ہی کیا کرتا تھا چاہے دنیا ادھر سے ادھر ہی کیوں نہ ہو جائے اور اب بھی وہ کھڑے ہو کر اپنی نشست کسی کو نہیں دینے لگا تھا۔

اتنے میں کوئی اور سواری کھڑی ہو گئی اور بزرگ خاتون ایک آہ بھرتی ہوئی نشست پر بیٹھ گئیں۔ عین اسی لمحے ایک اور خاتون گود میں بچہ اٹھائے بس میں سوار ہوئی اور لوہے والا ڈنڈا پکڑ کر راہ گزر میں کھڑی ہو گئی۔ بزرگ خاتون نے سوئی کو

پیچھے سے ٹہوکا دیا۔ "کھڑی ہو جاؤ اور نشست اسے دے دو۔ تمہیں نظر نہیں آتا کہ تم بیٹھی ہو اور کوئی دوسرا صحت مند بچے کو اٹھائے کھڑا ہے۔"

"آپ خود کیوں کھڑی نہیں ہو جاتیں؟" سوئی نے انتہائی ڈھٹائی کے ساتھ جواب دیا۔

"کیسے ہول ناک بچے ہیں!" بزرگ خاتون بولیں۔ اسی لمحے ان کی کالی بلی نے سوئی کو پنجہ مارا جس سے اس کے ہاتھ پر ایک خراش پڑ گئی۔ سوئی نے پہلے چیخ ماری اور پھر ایک زوردار ضرب بلی کو لگائی جس کے ردِ عمل میں بلی نے ایک اور خراش لگا دی۔

"میری بلی تک یہ سوچ رہی ہے کہ تم ایک گندی بچی ہو۔" بزرگ خاتون بولیں، پھر بلی سے مخاطب ہوئیں۔ "سوتی۔۔۔! کسی کو خراشیں مت لگاؤ جب تک کہ کوئی زیادہ ہی وحشت ناک نہ ہو جائے۔"

پھر کالن کے سامنے کھڑی خاتون کے بچے کا جھنجھنا گر گیا۔ کالن نے دیکھا بھی کہ جھنجھنا گر گیا ہے مگر اس نے ہاتھ بڑھا کر اٹھانے کی زحمت نہ کی اور آرام سے بیٹھا سامنے کی طرف دیکھتا رہا۔

"مہربانی کر کے بچے کا جھنجھنا اٹھا دیجیے۔" نوجوان خاتون نے کالن سے کہا، "میں بچہ اٹھائے ٹھیک سے جھک نہیں سکتی۔"

کالن نے کوئی توجہ دی اور نہ ہی جھنجھنا اٹھا کر دیا۔

"کس قدر ناپسندیدہ لڑکا ہے۔" بزرگ شخص نے کہا اور جھنجھنا اٹھانے کو جھکنے لگے۔ وہ جیسے ہی جھکے، ان کی جیب سے کوئی چیز نکل کر نیچے گر گئی جس کا ان کو تو پتا نہ

چل سکا مگر کالن کو ضرور چل گیا۔ یہ چمڑے کا ایک چھوٹا سا بٹوہ تھا۔ کالن نے فوراً اس پر اپنا پیر رکھ دیا اور پھر جان کر اپنا دستی رومال نیچے گرا دیا۔ رومال اٹھانے کے بہانے وہ نیچے جھکا اور رومال کے ساتھ بٹوہ بھی اٹھالیا۔ وہ ابھی اسے جیب میں ڈالنے ہی لگا تھا کہ بزرگ خاتون کا توتا زور زور سے چلانے لگا۔ " یہ چور ہے! یہ چور ہے! یہ چور ہے!"

ہر شخص ایک دوسرے کو دیکھنے لگا۔۔۔چور کون تھا؟ بزرگ شخص نے دیکھا تو کالن کا چہرہ لال ہو گیا۔ بزرگ نے دیکھا کہ اس کا ہاتھ اس کی جیب کی طرف جا رہا ہے اور بٹوہ بھی جیب کی نذر ہونے ہی والا ہے۔

" تم نے میرا بٹوہ اٹھایا ہے ؟" وہ چلائے۔ "ہاں۔۔۔؟ تمہارے ہی پاس تو ہے اے گندے لڑکے! اسے اوپر اٹھاؤ اور مجھے واپس کرو!"

کالن گھبرایا ہوا لگ رہا تھا۔ "میں نے آپ کا بٹوہ نہیں اٹھایا۔" وہ بولا۔

" یہ کہانیاں کر رہا ہے۔۔۔ یہ کہانیاں کر رہا ہے۔" توتے نے برہم ہوتے ہوئے کہا اور پھر زور زور سے آوازیں نکالنے لگا۔

اتنے میں کنڈکٹر آ گیا۔ اس نے کالن کی جیب میں ہاتھ ڈال کر بٹوہ برآمد کر لیا۔۔۔ اُس لمحے ہر کسی کی کی سانسیں تیز چل رہی تھیں اور دل زور زور سے دھڑک رہے تھے۔

" یہ بچے نہ صرف یہ کہ بد اخلاق ہیں بلکہ بد دیانت، جھوٹے اور سنگ دل بھی ہیں۔" دہشت زدہ بزرگ شخص نے کہا۔

"سادہ سی بات ہے کہ ان کے ماں باپ بھی انہی کی طرح خوف ناک ہوں

گے۔" بلی والی بزرگ خاتون نے کہا۔

"ہاں، ضرور یہ غلط چیزیں انہوں نے ہی اپنے بچوں کو سکھائی ہیں۔" بزرگ شخص نے سر جھکاتے ہوئے کہا۔ "کتنے ہی افسوس کی بات ہے کہ دیکھنے میں یہ بچے کتنے سلجھے ہوئے لگتے ہیں مگر ہیں نہیں۔۔۔ بالکل بھی نہیں۔"

"میرے خیال میں بہت ہی بہتر ہو گا کہ ہم انہیں درویش خاتون کے پاس لے جائیں۔" توتے والی بزرگ خاتون بولیں۔ "یہ کام وہی کر سکتی ہیں کہ ان بچوں کو ان کے برے والدین سے لے کر ان کے بدلے میں ان کو اچھے والدین دیں جو انہیں اخلاقیات، ہمدردی اور دیانت داری سکھائیں۔ اور ویسے بھی والدین اگر اپنے بچوں کو یہ سب کچھ نہ سکھائیں تو ان کا کوئی فائدہ نہیں ہے۔"

"میری امی بہت اچھی اور پیاری ہیں۔" سوئی چلائی۔ "ان کے بارے میں کچھ بھی کہنے کی ہمت مت کرنا۔"

"اور میرے والد ایک مصروف ڈاکٹر ہیں۔ وہ روزانہ نہ جانے کتنے ہی لوگوں کا علاج کرتے ہیں، لہٰذا ان کے بارے میں کوئی غلط لفظ منہ سے مت نکالنا۔" کالن چیخا مگر اچانک اسے خوف محسوس ہونے لگا۔ بس میں بیٹھے سارے ہی لوگ عجیب سے تھے جن سے اجنبیت ٹپک رہی تھی۔ کیا اس نے اور سوئی نے غلط بس پکڑ لی تھی۔۔۔؟

"ہم تمہاری بات کا یقین نہیں کر سکتے۔" بزرگ شخص نے کہا۔ "اگر تمہارے والدین اچھے ہوتے تو تمہیں اچھی چیزیں سکھاتے۔ تم ہمدرد اور مہربان ہوتے۔ تمہارے اخلاق اچھے ہوتے اور تم اچھے رویے کا مظاہرہ کرتے مگر حقیقت یہ ہے کہ

تم بھیانک قسم کے بچے ہو۔"

"اور ہم نے ہمیشہ یہی مشاہدہ کیا ہے کہ شر انگیز بچوں کے والدین بھی شر انگیز ہی ہوتے ہیں۔" توتے والی بڑھیا نے کہا تو توتا بھی تائید میں زور زور سے سر ہلانے لگا۔ "تمہارے والدین اگر دیانت دار ہوتے تو تم چور کیسے ہو سکتے تھے؟" بزرگ شخص نے کہا۔ تم ضرور انہیں کی نقل کرتے ہو۔ اگر وہ سچے ہیں تو تم کیسے جھوٹے بن گئے۔۔۔؟ بچے ہمیشہ اپنے امی ابو ہی کی نقل کرتے ہیں۔ جب ہم بچوں کو دیکھتے ہیں تو اچھی طرح جان جاتے ہیں کہ ان کے والدین کیسے ہیں۔"

"میں نے تمہیں پہلے بھی بتایا ہے کہ میرے والد ایک ہمدرد اور ایمان دار انسان ہیں اور یہی وجہ ہے کہ ہر شخص ان سے محبت کرتا ہے۔" سہمے ہوئے کالن نے کہا۔

"اور میں جانتی ہوں کہ میری امی ہر ایک کے ساتھ کتنی خوش اخلاقی سے پیش آتی ہیں۔" سوئی نے روتے ہوئے کہا۔ "یقین کیجیے وہ ایسی ہی ہیں۔۔۔"

"یقین نہیں کیا جا سکتا۔" بزرگ شخص بولے۔ "یہ ممکن ہی نہیں۔۔۔ تمہاری ماں ضرور تمہاری ہی جیسی ہے۔ مجھے لگتا ہے کہ وہ ہر کسی کو دھکے دے کر ہٹاتی ہے اور بس میں سوار ہو جاتی ہے۔۔۔ اور پھر اس سے پہلے کہ کوئی اور بیٹھے۔۔۔ نشست پر براجمان ہو جاتی ہے اور اسے کوئی پروا نہیں ہوتی ہے بوڑھے مرد یا خواتین کھڑے ہیں۔۔۔ اور وہ ان لوگوں سے بٹوے بھی چرا لیتی ہو گی اور۔۔۔"

"اوہ، اوہ۔ کتنی بد لحاظی کے ساتھ آپ یہ سب باتیں کیے جا رہے ہیں۔" سوئی بھیگی آنکھوں کے ساتھ اپنی بامروت اور ہمدرد ماں کے بارے میں سوچنے لگی۔ "امی

ایسی نہیں ہیں۔۔۔ بالکل ایسی نہیں ہیں، وہ تو ہمیشہ ہی سے مہربان ہیں۔"

"بہتر یہی ہے کہ ہم درویش خاتون کے پاس چلیں اور ان بچوں کے والدین کے نام انہیں بتا کر یہ دیکھیں کہ جو کچھ یہ بچے بتا رہے ہیں۔۔۔ کہیں خدانخواستہ یہ سچ تو نہیں۔" بزرگ آدمی نے کہا۔ "کنڈکٹر۔۔۔!! مہربانی کر کے درویش خاتون کی کٹیا کے سامنے بس رکواؤ گے۔۔۔؟"

آدھ منٹ بعد ہی ہارن بجا اور بس رک گئی۔ ہر ایک، حتیٰ کہ بلی تک اٹھ کھڑے ہوئے اور سامنے دو سہمے ہوئے بچوں کو دھکیلتے ہوئے شکستہ اور مضحکہ خیز کٹیا کی طرف چل پڑے جو قریب ہی تھی۔

"ہم نے غلط بس پکڑ لی ہے۔۔۔!!" کالن نے سوئی سے سرگوشی کی۔ "خدا ہی جانتا ہے کہ یہ کون لوگ ہیں اور ہمیں کہاں لیے جا رہے ہیں۔"

درویش خاتون ایک متاثر کن شخصیت کی مالک تھیں۔ بوڑھی ہونے کے باوجود ان کے چہرے پر جوانوں جیسی رونق تھی۔ انہوں نے سردیوں کے آسمانی رنگ جیسا نیلے رنگ کا چوغہ پہن رکھا تھا۔ اس لباس میں بھی کچھ ایسا عجیب تاثر تھا کہ چمکتی دھند جیسا معلوم ہوتا تھا۔ بزرگ شخص نے وضاحت کے ساتھ اپنے آنے کا مقصد بیان کیا تو درویش خاتون نے اپنی نظریں اُن دونوں کی طرف گھمائیں اور بولیں:

"مجھے ان دونوں بچوں میں بدتمیزی اور بے رحمی نظر آ رہی ہے۔" انہوں نے پانی کی موجوں کی ترنگ جیسی آواز میں کہا۔ "ان کے دل بہت سخت ہیں۔۔۔ ہاں! میرا خیال ہے کہ ہمیں ضرور ان کے والدین کو تبدیل کر کے ان کی جگہ دوسرے دینے چاہئیں۔ کوئی بچہ اچھی نشو و نما پا ہی نہیں سکتا اگر اس کے والدین اچھے نہ

ہوں۔۔۔نالائق والدین بچوں کو خراب کر دیتے ہیں بلکہ ان کو بے رحم اور نا قابل اعتماد بھی بنا دیتے ہیں۔"

انہوں نے ایک لچک دار چھڑی اٹھا کر پہلے سوئی اور پر کالن کی طرف اشارہ کیا۔ "آپ کیا کر رہی ہیں؟"کالن دہشت زدہ ہو کر چلایا۔"ہمیں نئے والدین نہیں چاہئیں۔ ہم اپنے ہی والدین سے محبت کرتے ہیں جو اچھے بھی ہیں اور مہربان بھی۔"

"میں ممکن حد تک یہ جاننے کی کوشش کروں گی کہ ان بچوں کے والدین خراب ہیں کہ نہیں۔۔۔" درویش خاتون نے کہا اور ایک گول آئینہ ہاتھ میں تھام کر اس میں غور سے دیکھنے لگیں۔ کالن نے کوشش کی کہ وہ بھی آئینے میں جھانک لے مگر اسے اپنے چہرے کے علاوہ اس میں گھومتے ہوئے بگولے نظر آرہے تھے۔

درویش خاتون چند منٹ تک خاموش رہیں۔ ہر فرد صبر کا دامن تھامے خاموشی اور تحمل کے ساتھ انتظار کر رہا تھا۔ سوئی پر کپکپی طاری ہو گئی۔ وہ سوچ رہی تھی کہ کتنی خوف ناک بات ہو گی کہ اگر ہم اپنے ہی رویے کی وجہ سے اپنے والدین کو کھو دیں۔۔۔ وہ نئے والدین نہیں چاہتی تھی۔

"اب یہ بھی ایک عجیب بات ہے۔" درویش خاتون نے آئینہ نیچے رکھتے ہوئے کہا۔"یہ بچے اپنے ماں باپ کے بارے میں سچ کہہ رہے ہیں۔ وہ اچھے اور خوش اخلاق تو ہیں ہی مگر اس سے زیادہ وہ مہربان اور قابل اعتماد بھی ہیں۔ ان کو یقین ہے کہ ان کے بچے من بھاتے اور مہربان ہیں۔۔۔ اور اس کی وجہ یہ ہے کہ بچے مکار ہیں اور بد اخلاقی کا مظاہرہ صرف اس وقت کرتے ہیں جب یہ گھر سے باہر ہوتے ہیں۔ یہی وجہ ہے کہ ان کے والدین کو یہ اندازہ ہی نہیں کہ حقیقت میں یہ کتنے

بد تمیز اور سنگ دل ہیں۔"

"ایک برا بچہ برے والدین ہی سے آتا ہے۔" بزرگ شخص نے ڈھٹائی سے کہا۔ "ہم ہمیشہ سے یہی جانتے ہیں کہ۔۔۔ اگر آپ نے دیکھنا ہو کہ اس بچے نے اپنی ماں سے کیا حاصل کیا ہے تو اس کے رویے کو دیکھو، آپ کو پتا چل جائے گا۔"

"بالکل درست کہا۔" توتے والی بڑھیا نے کہا۔ "جب میں کسی اخلاق سے عاری بچے کو دیکھتی ہوں تو یہی کہتی ہوں کہ چونکہ اس کی ماں کو کسی چیز کا پتا نہیں اس لیے وہ اس کو بھی کچھ نہ سکھا سکی۔۔۔ درویش خاتون! ان بچوں کے والدین تبدیل کر دیجیے۔ آپ کا آئینہ کچھ بھی کہے مگر ان لوگوں نے خراب ہی رہنا ہے۔"

سوئی سسکیاں لینے لگی جبکہ کالن بھی پیلا پڑ گیا۔ "مہربانی کیجیے!" وہ بولا۔ "ہمیں ایک موقع اور دیجیے۔ میں جانتا ہوں کہ خراب ماں باپ ہی بچوں کو خرابی کے ساتھ پروان چڑھاتے ہیں مگر ہمارے معاملے میں ہم ہی غلط ہیں۔۔۔ ہم ہی نے نہیں سیکھا۔ ہمارے پاس اچھے والدین ہیں مگر ہم ہی نے ان کی قدر نہیں کی۔۔۔ ہم ہی نے ایسا رویہ اپنایا جیسے ہمیں سب کچھ بُرا ملا ہو۔۔۔"

"مگر ہم دوبارہ ایسا نہیں کریں گے۔" سوئی نے کہا۔ اس کی آنکھوں سے آنسو جاری تھے۔ "میں نہیں سمجھتی کہ لوگ ہمارے رویے کی وجہ سے ہمارے والدین کو جان سکتے ہیں۔۔۔ جیسا کہ میں جانتی ہوں کہ آپ لوگوں نے یہ اندازہ لگایا کہ ہمارے والد اور والدہ خراب ہیں۔ مجھے اپنا رویہ بہتر کرنا چاہیے تھا۔۔۔ مگر میں اب کروں گی۔۔۔ اگر آپ لوگوں نے ہمیں ایک موقع اور دیا۔"

"میں ہمیشہ ہی لوگوں کو موقع دیتی ہوں۔" درویش خاتون نے اپنی شفاف اور

گہری آنکھوں سے بچوں کو دیکھتے ہوئے کہا۔ "لہٰذا تمہارے پاس بھی ایک موقع ہے۔ گھر کے لیے اگلی بس پکڑو، اور ہاں۔۔۔ اس بار ٹھیک بس پکڑنا، تم نے پہلے بھی غلط بس پکڑ لی تھی مگر یاد رکھو کہ اگر تم نے مجھ سے اور ان لوگوں سے کوئی سبق سیکھا ہے تو پھر یہ بات معنی نہیں رکھی۔۔۔ اب جاؤ!"

بچے ایک مرتبہ پھر بھاگ کھڑے ہوئے۔ انہوں نے دیکھا کہ بس "گھرر گھرر" کرتی ہوئی سڑک پر چلی آرہی ہے۔ وہ ان کے قریب آکر رک گئی اور وہ لپک کر اس پر چڑھ گئے۔ ارد گرد نظریں دوڑائیں۔ ہاں۔۔۔ اب والے لوگ بالکل معمول کے مطابق لگ رہے تھے، نہ کالی بلبلاں تھیں، نہ بک بک کرنے والا توتا اور نہ ہی نوکیلے کانوں والے بچے۔

اگلے اسٹاپ سے ایک بزرگ خاتون سوار ہوئیں۔ کالن نے فوراً کھڑے ہو کر اپنی نشست انہیں پیش کی۔ وہ احسان مندی کے ساتھ بیٹھ گئیں۔

"کیا ہی عمدہ اخلاق والا بچہ ہے۔" انہوں نے اپنے پڑوس میں بیٹھی خاتون سے کہا۔ "اس نے ایک اچھی ماں پائی ہے۔۔۔ اس میں کوئی شک نہیں۔"

کتنا عجیب ماجرا تھا، ہے کہ نہیں؟۔۔۔ مجھے تعجب ہے کہ لوگ آپ کا برتاؤ دیکھ کر آپ کے امی ابو کے بارے میں کیا سوچتے ہیں؟

ایک لمحے کے لیے سوچیے، آپ کی سمجھ میں آجائے گا۔

***

۳

جادو کا لفظ

ترجمہ: ظفر محمود

چھ سالہ نینسی اپنے ساٹھ سالہ دادا جان کو اللہ حافظ کہنے اپنے گھر کے صدر دروازے تک آئی۔ وہ اُچھلتی کُودتی چل رہی تھی۔ نینسی کی شروع سے یہ عادت تھی کہ وہ جب بھی چلتی کبھی اُچھلتی، کبھی کُودتی اور کبھی رقص کرتی۔ راستہ چلتے ہوئے کبھی وہ سیدھی طرح نہیں چلتی تھی۔ شام کا ملگجا سا اندھیرا ہر طرف پھیل رہا تھا، مگر آسمان پر چھائی ہوئی سُرخ شفق کی وجہ سے ابھی تک کُچھ روشنی باقی تھی۔ اپنے گھر کے صدر دروازے پر پہنچ کر نینسی نے اپنے دادا جان سے اِٹھلاتے ہوئے کہا:

"دادا جان! ایک بار پھر وہی جادُو دِکھایئے نا! مُجھے ایک بار پھر سِکّہ غائب کر کے دِکھایئے۔"

کُچھ دیر پہلے نینسی کے دادا جان اُسے یہ جادُو دِکھا چکے تھے، مگر نینسی اب پھر ضد کر رہی تھی کہ اُسے وہی جادُو دوبارہ دِکھایا جائے۔ لٰہذا دادا جان نے اپنے کوٹ کی جیب سے ایک پینی نکالی اور اُسے اپنے سیدھے ہاتھ کی انگلی اور انگوٹھے کے

درمیان پکڑ لیا۔ پھر اُنہوں نے پینی نینسی کو دِکھائی تا کہ وہ اچھی طرح دیکھ لے۔ نینسی بڑے غور سے دادا جان کی اُنگلیوں کو دیکھ رہی تھی۔ دادا جان نے پھر آہستہ سے کُچھ پڑھا اور پینی اُن کی انگلیوں کے بیچ میں سے غائب ہو گئی۔ نینسی نے خُوشی سے تالیاں بجائیں اور پھر کہا:

"ایک بار اور دادا جان! پلیز!"

دادا جان نے پھر اُس کو کئی بار یہی تماشا دِکھایا اور ہر بار پینی غائب ہوتی رہی۔ نینسی بڑے غور سے یہ سب دیکھ رہی تھی۔ پھر اُس نے اُن سے کہا:

"دادا جان! مُجھے بھی یہ جادُو سِکھا دیجیے نا! میں بھی آپ کی طرح چیزیں لوگوں کی نظروں کے سامنے سے غائب کروں گی۔ اچھا، یہ بتایئے کہ سچ مُچ جادُو ہے یا۔۔۔"

"یہ بالکل سچ مُچ کا جادُو ہے۔" دادا جان نے مُسکراتے ہوئے کہا۔

"مگر یہ آخر کس طرح ہوتا ہے۔ مجھے بتایئے، مُجھے سکھایئے دادا جان، پلیز!"

نینسی اب مچلنے لگی تھی۔ اُس کی ضِد دیکھ کر دادا جان نے کُچھ دیر سوچا اور پھر اُس کی طرف جھک کر سرگوشی کرتے ہوئے کہا:

"یہ کوئی بہت بڑا جادُو نہیں ہے۔ بس میں کسی بھی چیز پر 'اوگلی ڈیبو' کہتا ہوں اور وہ چیز غائب ہو جاتی ہے۔ ہے نا آسان سا جادُو؟ کیا تُم کہ سکتی ہو؟ چلو میرے ساتھ دوہراؤ۔"

نینسی نے بہت آہستگی سے کہا: "اوگلی ڈیبو۔"

"شاباش۔" دادا جان نے خوش ہوتے ہوئے کہا۔ "اب تُم اِس سِکّے پر 'اوگلی

ڈیبو' کہو۔ پھر دیکھنا کیا ہوتا ہے۔"

یہ کہہ کر اُنہوں نے سِکّے کو پہلے کی طرح اپنی اُنگلی اور انگوٹھے کے درمیان میں پکڑ لیا۔

نینسی نے کُچھ ہچکچاتے ہوئے کہا: 'اوگلی ڈیبو۔" دادا جان کی اُنگلیاں خالی ہو چکی تھیں۔ سِکّہ غائب ہو گیا تھا۔

نینسی نے اُن کی طرف جھکتے ہوئے کہا:

"ایک بار اور دادا جان!"

دادا جان نے پھر ویسے ہی کیا اور نینسی کے اوگلی ڈیبو کہتے ہی سِکّہ پھِر غائب ہو گیا۔ اس بار دادا جان کے چہرے پر حیرت کے ساتھ ساتھ کُچھ پریشانی بھی نظر آئی مگر پھِر وہ بے پرواہو گئے۔ اُنہوں نے کندھے جھٹکتے ہوئے کہا:

"نینسی اب میں چلتا ہوں، اللہ حافظ۔"

نینسی نے ہاتھ ہلاتے ہوئے اُنہیں اللہ حافظ کہا اور وہ مکان سے باہر نکل کر پیدل ہی گلی میں چلتے چلے گئے۔ جب وہ نظروں سے اوجھل ہو گئے تو نینسی کھیلتی ہوئی اُس جگہ واپس آئی جہاں وہ دادا جان کے جانے سے پہلے کھیل رہی تھی۔ آج اِس کھیل میں وہ دادا جان کی اُس حرکت کو بھی نہ سمجھ سکی جس میں وہ بار بار اپنے کوٹ کی آستین کو جھٹک کر کُچھ باہر نکالنا چاہ رہے تھے، مگر شاید وہ چیز باہر نہیں نکل سکی تھی کیوں کہ دادا جان آخر تک اپنے کوٹ کی آستین کو جھٹکتے رہے تھے۔ دراصل ہر بار پینی کو وہ اپنے کوٹ کی آستین میں چھپا لیا کرتے تھے اور نینسی سمجھتی تھی کہ اُنہوں نے جادُو سے غائب کر دی ہے اور پھر ہوا یہ کہ پینی سچ مُچ غائب ہو

گئی۔ اِسی چیز نے دادا جان کو پریشان کر دیا تھا۔ اُنہوں نے او گلی ڈیبو کہہ کر پینی غائب کی اور پھر اُن کے ساتھ نینسی نے بھی یہی لفظ دہرایا اور پینی غائب ہو گئی۔ اِسی لیے وہ پریشان ہو گئے تھے۔

نینسی اپنی جگہ آکر ایک بار پھر اُسی مصنوعی سانپ سے کھیلنے لگی جس سے وہ دادا جان کے آنے سے پہلے کھیل رہی تھی۔ کھلونے والا سانپ جب زمین پر رینگتا تو نینسی کو بالکل اچھا نہ لگتا۔ نینسی نے اُسی پر اپنے جادُو کو آزمانے کا فیصلہ کیا۔ اُس نے سانپ کے قریب آکر بہت آہستگی سے کہا:

"او گلی ڈیبو۔"

اور کھلونے والا سانپ غائب ہو گیا۔ نینسی کو یہ دیکھ کر بہت خوشی ہوئی۔ اب وہ دادا جان کی مدد کے بغیر بھی چیزیں لوگوں کے سامنے سے غائب کر سکتی تھی۔ سانپ کے غائب ہونے کے بعد نینسی اپنی گڑیا سے کھیلنے لگی۔ اب اندھیرا بڑھنے لگا تھا۔ نینسی کی امّی نے اُسے آواز دی تو وہ اپنی گڑیا کو بازو سے پکڑ کر گھسیٹتی ہوئی اندر لے گئی۔ نینسی کی امّی نے اُسے دُودھ کا گلاس اور کُچھ چیزیں کھانے کو دیں۔ نینسی نے سب چیزیں بڑے شوق سے کھائیں مگر دُودھ اُسے شروع سے ہی پسند نہیں تھا۔ اُس کے ابّو قریب بیٹھے اخبار پڑھ رہے تھے۔ اب وہ مرحلہ آنے والا تھا جو اِس گھر کے لیے خطرے کی گھنٹی بننے والا تھا۔ نینسی نے دُودھ کی طرف مُنہ بنا کر دیکھا۔ اُس کی امّی نے اُس کے موڈ کو دیکھتے ہوئے کہا:

"نہیں نینسی! یہ دُودھ تو تمہیں ہر حال میں پینا ہو گا۔ چلو جلدی کرو شاباش!"

مگر نینسی تہیّہ کر چکی تھی کہ وہ دُودھ کسی حال میں نہیں پیے گی۔ اُسی وقت

فون کی گھنٹی بجی۔ نینسی کی امّی فون سُننے گئیں اور نینسی کو موقع مل گیا۔ اُس نے بڑے غور سے گلاس میں موجود دُودھ کی طرف دیکھا اور آہستہ سے کہا: "اوگلی ڈیبو۔" اور گلاس میں موجود سارا دُودھ غائب ہو گیا۔

پھر وہ ہنستی مُسکراتی اور اپنی عادت کے مطابق اُچھلتی کُودتی اپنے کمرے میں چلی گئی۔ جانے سے پہلے اُس نے اپنے امّی ابّو کو اللہ حافظ بھی کہا۔ آج اُسے بڑی اچھّی نیند آئی تھی۔ ساری رات وہ سُہانے سپنے دیکھتی رہی اور اپنی ناپسندیدہ چیزوں کو اوگلی ڈیبو کہہ کر غائب کرتی رہی۔

صُبح نینسی جب سو کر اُٹھی تو وہ ہر روز کی طرح بہت خوش تھی۔ اُس نے گنگناتے ہوئے سب کام کیے۔ اُس کی امّی نے اُسے کپڑے بدلوائے اور پھر اُسے ناشتا کرایا۔ ناشتے میں پھر وہی مسئلہ تھا کہ اُسے دُودھ میں بھیگا ہوا دلیہ کھانا تھا جو اُسے بالکل پسند نہیں تھا۔ اب کیا ہو؟ مگر اِس سے پہلے کہ نینسی کُچھ کہتی، دُودھ والا آ گیا۔ اُس کی امّی اُس سے دُودھ کی بوتلیں لینے چلی گئیں اور نینسی نے کام کر دکھا دیا۔ جب اُس کی امّی واپس آئیں تو دلیے کا پیالہ بالکل خالی تھا۔ نینسی کی امّی یہ دیکھ کر خوش ہو گئیں۔ اُنہوں نے نینسی کے گال تھپتھپائے اور اُسے شاباشی دی۔ اُنہیں یہ جان کر خوشی ہوئی تھی کہ اب دلیہ نینسی کو اتنا پسند آنے لگا ہے کہ اُس نے لمحے بھر میں پیالہ خالی کر دیا۔

یہ بڑی خوش گوار صُبح تھی نینسی حسبِ معمول اپنے مکان کے پچھلی طرف چلی گئی جہاں وہ ریت پر ہر روز گھروندے بناتی تھی اور خوب کھیلتی تھی۔ وہ کھیل بھی رہی تھی اور کوئی گانا بھی گا رہی تھی۔ وہ ایک بہت اچھی اور ہمیشہ خوش گوار موڈ میں

رہنے والی بچّی تھی۔ اُسی وقت چارلس وہاں چلا آیا۔ وہ اُس کے برابر والے گھر میں رہتا تھا۔ چارلس نینسی کے ساتھ کھیلا کرتا تھا۔ چارلس نے وہاں آتے ہی نینسی کا بنایا ہوا ریت کا گھروندا توڑ ڈالا۔ نینسی کو غصّہ آگیا۔ اِس سے پہلے کہ وہ کُچھ بولتی چارلس نے کہا:

"تم تو بےوقوف ہو نینسی! بھلا یہ بھی کوئی ریت کے گھروندے بنا کر کھیلنے کا زمانہ ہے۔ کھیلنا ہے تو چاند کے سفر کا کھیل کھیلو۔ ہمیں کھیل ہی کھیل میں بلّی نما آدمی سے مُقابلہ کرنا چاہیے۔"

اور پھر اُس نے مُنہ سے ایسی آوازیں نکالنی شروع کر دیں جیسے وہ کسی انوکھی مخلوق سے لڑ رہا ہے، مگر نینسی کو چارلس کی تجویز پسند نہ آئی۔ چارلس نے پھر کہا:

"چلو خلائی جہاز کا کھیل کھیلیں۔" اِس کے ساتھ ہی چارلس نے مُنہ سے بہت تیز آوازیں نکالیں جن سے کبھی تو ایسا لگتا تھا کہ وہ مُقابلہ کر رہا ہے اور کبھی لگتا تھا کہ وہ بھاگ رہا ہے۔ ساتھ ہی وہ مُنہ سے یہ جملے ادا کر رہا تھا:

"زحل کی طرف لے جانے والے راکٹ چلا دو شاباش!"

"دھیان سے! سامنے سے خلائی قزّاق آرہے ہیں!"

"دوسرے انجن بھی اسٹارٹ کرو!"

"فائر! فائر کرو!"

چارلس اِسی طرح خلائی قزّاقوں سے مُقابلہ کرتا رہا جو کبھی زحل سیّارے کے دائروں میں چلے جاتے تھے اور کبھی باہر آجاتے تھے۔ نینسی اُس کی طرف کوئی دھیان دیے بغیر اپنے آپ میں مگن تھی۔ اُس نے اِس دوران اپنا ریت کا گھروندا

دوبارہ بنالیا تھا اور اب اُسے سجا سنوار رہی تھی۔ اُس نے ریت سے صوفہ سیٹ بھی بنایا تھا اور ڈائننگ ٹیبل بھی۔ اب وہ اپنے گھروندے میں قالین بچھانے کا کام کر رہی تھی۔

اُدھر چارلس مُصیبتوں میں گھِر گیا تھا۔ سیّارہ مُشتری کے سیاہ خلائی جہازوں کا ایک بیڑا اُسے گھیرے میں لے چکا تھا۔ اُس پر خوف ناک شعاعوں سے حملے جاری تھے۔ چارلس بھی اپنے دفاع کی بھرپور کوششیں کر رہا تھا۔ پھر اُس نے جوابی حملہ کیا اور اُس جوابی حملے میں اتنا پُر جوش ہو گیا کہ مُنہ سے طرح طرح کی آوازیں نکالتے ہوئے اِدھر اُدھر دوڑنے لگا۔ اِسی دوران وہ نینسی کے گھروندے پر چڑھ گیا اور اِتنی محنت سے تیّار کیا ہوا گھر لمحے بھر میں ریت کا ڈھیر بن گیا۔ نینسی بھی ریت میں اَٹ گئی۔ نینسی غصّے سے لرزنے لگی، مگر چارلس اُس کی طرف سے بے پروا زمین کے خلائی اسٹیشن سے رابطہ کرنے میں مصروف تھا:

"ہیلو کنٹرول روم! میں نے خلائی ڈاکوؤں کو ختم کر دیا ہے اور اب میں پلوٹو کی طرف جا رہا ہوں۔"

نینسی نے غصّے سے کہا۔ "پلوٹو کو چھوڑو، تُم اپنے گھر جاؤ بے وقوف!"

چارلس نے اُس کا مذاق اُڑاتے ہوئے کہا:

"میں اپنے خلائی جہاز کا کپتان ہوں۔ میرا کام خلا میں موجود تمام ڈاکوؤں کا صفایا کرنا ہے۔ ابھی تو بہت ڈاکو باقی ہیں۔"

"مگر میں تُم سے کہہ رہی ہوں کہ سیدھی شرافت سے اپنے گھر چلے جاؤ ورنہ میں کُچھ کہہ دوں گی۔"

نینسی نے اُسے دھمکی دی، مگر چارلس کو اُس کی دھمکی کی کب پروا تھی۔ اگر وہ کُچھ کہتی ہے تو کہتی رہے۔ اِس سے چارلس کا کیا بگڑتا۔ وہ مُنہ سے تیز آوازیں نکالتا پلوٹو کی طرف روانہ ہو گیا جہاں اُس کے خیال میں اُس کی شدید ضرورت تھی۔ اُسے خلائی حملہ آوروں کو وہاں سے بھی بھگانا تھا۔ اب یہ چارلس کی بد قسمتی تھی کہ اُس کے پلوٹو کے سفر کے راستے میں پھر نینسی آگئی جس نے اپنے گھروندے کو دوبارہ تعمیر کرنا شروع کر دیا تھا۔ اِس بار اپنے گھروندے کے ساتھ نینسی بھی ریت پر ڈھیر ہو گئی اور اُس کے مُنہ سے نکلا: "اوگلی ڈیبو!" ساتھ ہی چارلس غائب ہو گیا۔ اب ہر طرف سنّاٹا تھا۔ چارلس کا اور اُس کے خلائی راکٹوں اور ڈاکوؤں کا شور بالکل غائب ہو چکا تھا۔ نینسی نے ہنستے مُسکراتے دوبارہ اپنے گھروندے کو بنانا شروع کر دیا۔ کھیل کود میں توانائی تو خرچ ہوتی ہی ہے۔ یہی نینسی کے ساتھ بھی ہوا۔ اُسے بہت زور کی بھوک لگنے لگی تھی۔ اُس نے کُچھ کھایا بھی تو نہیں تھا۔ اُس کی امّی سمجھیں کہ اُس نے دلیے کا پورا پیالہ کھایا ہے مگر وہ تو نینسی کے جادُو سے غائب ہو گیا تھا۔ وہ گھر کے اندر گئی اور امّی سے کُچھ کھانے کو مانگا۔ امّی نے اُس سے کہا:

"کیا بات ہے نینسی! آج تمہارے ساتھ چارلس نہیں کھیل رہا؟ اُس کی آواز نہیں آرہی ہے۔"

نینسی نے اطمینان سے جواب دیا:

"وہ مُجھے بہت ستا رہا تھا۔ میں نے اُسے اوگلی ڈیبو کہہ دیا اور وہ غائب ہو گیا۔"

اُس کی امّی مُسکرائیں اور اپنے کاموں میں مصروف ہو گئیں۔ اُنہیں ابھی بہت سے کام کرنے تھے۔ وہ اوگلی ڈیبو کے بارے میں سوچنا بھی نہیں چاہتی تھیں۔ یہی

اُن کی غَلَطی تھی۔ اُنہیں اُسی وقت اوگلی ڈیبو کے بارے میں سوچنا اور پوچھنا چاہیے تھا کہ یہ سب کیا ہے؟

دوپہر کو کھانے کے وقت نینسی اپنی امّی کے پاس تھی کہ چارلس کی امّی چارلس کے بارے میں پوچھتی ہوئی وہاں آ گئیں۔ اُنھوں نے چارلس کو سب جگہ دیکھ لیا تھا مگر وہ نہیں مل رہا تھا۔ نینسی اپنا کھانا کھا رہی تھی اور اُس کی امّی چارلس کی امّی سے باتیں کر رہی تھیں۔ اُس نے چارلس کی امّی کو کہتے سُنا:

"وہ نینسی کے ساتھ ہی کھیل رہا تھا۔"

پھر اُس کی امّی نے آواز دے کر اُس سے پوچھا:

"نینسی! چارلس کہاں گیا؟ کیا وہ تمہارے ساتھ تھا؟"

"نہیں امّی، مُجھے پتا نہیں وہ کہاں ہے۔" وہ اُس وقت اپنے کھانے میں مصروف تھی اور کسی اور طرف توجّہ کر کے اپنے کھانے کا مزہ خراب نہیں کرنا چاہتی تھی۔

دروازے پر دونوں خواتین، چارلس اور نینسی کی امّی کُچھ دیر باتیں کرتی رہیں۔ پھر چارلس کی امّی واپس چلی گئیں اور نینسی کی امّی اُس کے پاس چلی آئیں۔ اُنھوں نے کہا:

"چارلس کی امّی بہت پریشان ہیں۔ عام طور سے وہ اُن کی اجازت کے بغیر کہیں نہیں جاتا۔ تمہیں یاد ہے کہ تُم نے اُسے کہیں جاتے نہیں دیکھا؟"

نینسی نے انکار میں سر ہلایا:

"نہیں امّی میں نے اُسے کہیں جاتے نہیں دیکھا۔ وہ کسی کے ساتھ نہیں گیا۔"

پھر نینسی نے کسٹرڈ کا چمچہ بھرتے ہوئے کہا:

"امّی میں نے صرف اُس کو 'او گلی ڈیبو' کہا تھا اور وہ چلا گیا۔"

اُس کی امّی نے اُس سے اور کُچھ نہ پوچھا، مگر وہ خاصی پریشان لگ رہی تھیں۔ بچّہ کسی کا بھی کھو جائے، اُس کے لیے پریشان تو سب ہی ہوتے ہیں اور پھر ایک ماں دوسری ماں کی تکلیف کیسے برداشت کر سکتی ہے۔ نینسی کی امّی عجیب سی اُلجھن میں مبتلا تھیں۔

دوپہر کے کھانے کے بعد نینسی کی امّی نے نینسی کو تیّار کیا، اُسے نئے کپڑے پہنائے۔ وہ اُسے شہر لے جا رہی تھیں۔ دراصل آج شہر میں ایک جلوس نکل رہا تھا جس میں فوجیوں کے علاوہ اسکول کے بچّے اور بچّیوں کے دستے بھی شامل تھے اور قومی اور علاقائی جھانکیاں (فلوٹس) بھی اِس جلوس میں نکلنے تھے۔ نینسی کی امّی نینسی کو یہی جلوس دِکھانے لے جا رہی تھیں۔ اِس کے لیے اُنہوں نے اپنے آج شام کے آرام کو قربان کر دیا تھا۔ اُنہیں اپنے آرام سے زیادہ نینسی کی خوشی عزیز تھی۔ اُنہوں نے سوچا کہ نینسی کو کُچھ شاپنگ بھی کروا دی جائے، اِسی لیے وہ جلدی جانا چاہتی تھیں۔ غرض نینسی نے خوب صورت لباس پہنا۔ عمدہ ہیٹ سر پر جمایا، ہاتھوں میں بڑے نرم اور خوب صورت دستانے پہنے، بڑا پیارا سا کوٹ پہنا اور اپنی امّی کے ساتھ اُن کی کار میں بیٹھ کر روانہ ہو گئی۔ وہ بہت خوش تھی اور اِس خوشی میں گُنگنا رہی تھی۔

سڑکوں پر خاصا ٹریفک تھا۔ انہیں کئی جگہ رُکنا پڑا۔ سڑکوں پر لگی سُرخ بتّیاں ٹریفک کو رُکنے کا اشارہ دیتیں تو نینسی کی امّی اپنی گاڑی روک لیتیں، مگر نینسی اِن سب باتوں سے بے پروا صرف گانا گانے میں مگن تھی۔ لوگوں نے اُسے مُسکرا کر

دیکھا۔ اِس معصوم بچّی کی حرکت ان کے دِل کو بہت بھائی۔ شہر میں ہر جگہ ہجوم تھا۔ سڑکوں پر، دُکانوں میں، بازاروں میں ہر جگہ بہت لوگ تھے۔ بچّے اپنی ماؤں کی اُنگلیاں پکڑے خوشی خوشی یہ جلوس دیکھنے آئے تھے۔ ایک دُکان میں نینسی کی امّی کُچھ لینے کے لیے رُکیں۔ وہاں خاصی بھیڑ تھی۔ ایک بہت موٹی عورت نینسی اور اُس کی ماں کے بیچ میں آ گئی۔ نینسی کو بڑی پریشانی ہوئی۔ اُس نے موٹی عورت کو ہٹانے کی کوشش کی، مگر وہ بھلا اُس سے کہاں ہٹ سکتی تھی؟ کسی شخص نے اُس موٹی عورت سے کُچھ کہا۔ موٹی عورت غصّے میں گھومی تو غریب نینسی اُس کی حرکت سے اور بھی بھنچ گئی اور دیوار کے ساتھ چپک کر رہ گئی۔ اُس کا دم گھُٹنے لگا تو اُس نے جلدی سے کہا:

"اوگلی ڈیبو!"

موٹی عورت اچانک غائب ہو گئی۔ کسی نے اِس طرف دھیان دینے کی کوشش بھی کی ہو گی تو اِسے اپنا وہم سمجھا ہو گا۔ وہاں اِس قدر ہجوم تھا کہ موٹی عورت کے غائب ہو جانے کی وجہ سے خالی ہونے والی جگہ فوراً بھر گئی۔ نینسی نے لپک کر اپنی امّی کی اُنگلی پکڑ لی۔ وہ اب اُنہیں کسی قیمت پر کھونا نہیں چاہتی تھی۔ اُس کی امّی نے ایک خوب صورت سا پرس خریدا اور پھر اُسے لے کر جلدی سے بھیڑ میں سے باہر نکل آئیں۔ نینسی کا ہیٹ لوگوں کی وجہ سے بار بار اُس کے سر سے گر رہا تھا۔ نینسی کو بہت غصّہ آ رہا تھا۔ اُس کی امّی نے کہا:

" نینسی! مجھے تمہیں اِس قدر ہجوم میں نہیں لانا چاہیے تھا۔ خیر کوئی بات نہیں ہم مارکیٹ کی اوپری منزل پر چل رہے ہیں۔ وہاں اتنی بھیڑ نہیں ہو گی۔"

وہ دونوں ایک لفٹ میں داخل ہو گئیں۔ اُسی وقت لوگوں کا ایک ریلا اُس میں داخل ہو گیا۔ اِس ریلے میں بہت سی عورتیں اور بچّے بھی شامل تھے۔ وہ سب بہت شور مچا رہے تھے۔ خاص طور سے اگر کہیں مرد نہ ہوں تو عورتوں کی اور بھی بن آتی ہے۔ لفٹ مین نے اُن لوگوں کو خاموش کرانے اور کُچھ لوگوں کو باہر چلے جانے کو کہا مگر کسی نے اُس کی ایک نہ سُنی۔ ایک بار پھر نینسی لوگوں کے درمیان پسنے لگی۔ جب بات اُس کی برداشت سے باہر ہو گئی تو اُس نے سرگوشی کرتے ہوئے کہا:

"او گلی ڈیبو۔"

اب اُس لِفٹ میں صرف پانچ افراد نظر آرہے تھے۔ عورتوں، بچّوں کا شور مچاتا ہجوم کہیں غائب ہو چکا تھا۔ نینسی کی امّی یہ دیکھ کر حیران رہ گئیں۔ پہلی مرتبہ خوف سے اُن کی ٹانگیں کانپنے لگیں۔ یہ سب اُن کی آنکھوں کے سامنے ہوا تھا۔ کہاں تو اِس قدر بھیڑ اور کہاں خاموشی اور چند افراد! ایک آدمی نے لِفٹ مین سے پوچھا تو وہ بے وقوفوں کی طرح اُسے دیکھتا رہ گیا۔ بھلا وہ کیا بتا سکتا تھا۔ اُسے خود کُچھ معلوم نہ تھا۔ لِفٹ میں سوار باقی لوگوں کے چہرے بھی خوف سے زرد ہو چکے تھے۔ اُن سب کے سامنے ایک بھیڑ غائب ہو گئی تھی۔ وہ لوگ جلدی سے باہر چلے گئے۔ بہر حال کُچھ بھی ہو نینسی کو اطمینان ہو چُکا تھا کہ اگر اُسے کِسی نے پریشان کیا تو وہ اُس کا علاج آسانی سے کر سکے گی۔

نینسی نے اپنی امّی کے ساتھ کیفے میں چائے پی۔ اُس کی امّی ابھی تک پریشان تھیں اور چاہتی تھیں کہ اُنہیں وہ منظر دوبارہ یاد نہ آئے۔ نینسی کی امّی کی تو حالت غیر تھی اور نینسی مزے سے چائے اُڑا رہی تھی۔ اُس کی امّی جلد از جلد گھر واپس جانا

چاہتی تھیں۔ اُن کا اِرادہ تھا کہ وہ اپنے آپ کو ڈاکٹر جو ہالٹ کو دِکھائیں گی جو ایک ماہرِ نفسیات تھا اور اُن کو اچھّی طرح جانتا تھا۔ مگر چوں کہ وہ نینسی کو جلوس دِکھانے کا وعدہ کر چکی تھیں، اس لیے اُنھیں اپنا وعدہ بھی پورا کرنا تھا۔

پھر جلوس شروع ہوا۔ اُس کے شروع میں ایک سپاہی آیا جو موٹر سائیکل پر سوار تھا۔ اُسے دیکھتے ہی نینسی نے بڑے پُر جوش انداز میں ہاتھ ہلایا۔ اُس کی امّی نے اُس کے لیے ایسی جگہ مُنتخب کی تھی جہاں سے نینسی آسانی سے جلوس دیکھ سکتی تھی اور اُس کے دیکھنے کی راہ میں کوئی رکاوٹ نہیں تھی۔ پھر اسکول کے بچّوں کا ایک دستہ آیا جو رنگ برنگے کپڑے پہنے تھے۔ وہ ڈرم بھی بجا رہے تھے اور قومی نغمے گا رہے تھے۔ اُس کے بعد این سی سی کے طلبہ آئے جو اپنی چمکتی وردیوں میں بڑے شان دار لگ رہے تھے اور پھر فلوٹس آئے۔

ایک فلوٹ نینسی کو بہت پسند آیا جس کی شکل اور بناوٹ ایک بڑے ہنس کی تھی۔ اُس لمبے چوڑے ہنس کو کُچھ لڑکیوں نے مل کر بنایا تھا۔ اُس کے بعد والا فلوٹ اسکاؤٹس کا تھا۔ اُس فلوٹ میں کیمپ فائر دِکھایا گیا تھا۔ پھر ایک بحری جنگی جہاز کا فلوٹ آیا اور اُس کے پیچھے گرلز اسکاؤٹ کا فلوٹ تھا اور پھر جو فلوٹ آیا اُس کو دیکھ کر خوشی سے وہاں موجود سب نونہالوں کی چیخیں نکل گئیں۔ نینسی نے بھی چونک کر اُدھر دیکھا۔ یہ ایک اژدہے کا فلوٹ تھا۔ یہ بہت ہی شان دار تھا۔ پورا فلوٹ ایک بہت بڑے اژدہے پر مشتمل تھا جس کی لمبی گردن ہل رہی تھی اور وہ اپنا سر اِدھر اُدھر گھُما کر لوگوں کو دیکھ رہا تھا۔ اُس کے نتھنوں میں سے دھواں بھی نکل رہا تھا۔ دراصل یہ فلوٹ ایک بہت بڑے ٹرک پر بنایا گیا تھا۔ اژدہے کے جسم نے ٹرک کو

پوری طرح ڈھک لیا تھا۔ اُس کی دُم خاصی لمبی تھی اور کپڑے سے بنائی گئی تھی جو اُس کے پیچھے پیچھے زمین پر گھسٹتی چلی آ رہی تھی۔ اژدہے کی گردن بیس فیٹ لمبی تھی۔ اُس پر سُرخ رنگ کیا گیا تھا۔ اُس کا سر کوئی پانچ فیٹ کا تھا جس پر سینگ بھی تھے۔ اُس کی آنکھیں کھانے کی پلیٹوں کے سائز کی تھیں۔ اُس کا سر اِدھر اُدھر گھوم کر گویا لوگوں کو دیکھ رہا تھا۔ بس یہی چیز سب کو پسند آئی تھی، بڑوں کو بھی اور اُن کے نونہالوں کو بھی۔

جیسے جیسے اژدہے والا فلوٹ آگے بڑھ رہا تھا نونہالوں کے جوش و خروش میں اضافہ ہوتا چلا جا رہا تھا۔ وہ نعرے بھی لگا رہے تھے اور سیٹیاں بھی بجا رہے تھے۔ کُچھ ایسے بھی تھے جو اتنے بڑے اژدہے کو یکایک سامنے دیکھ کر خوف زدہ ہو گئے تھے۔ نینسی بھی بہت خوش تھی اور اِس خوشی میں وہ اُچھل کُود رہی تھی۔ اب اژدہے کا فلوٹ اُس کے بالکل سامنے تھا۔ اژدہے کی حرکت کرتی ہوئی گردن نے اُس طرف بھی رُخ کیا۔ اُس کا سر نینسی کی طرف گھوما۔ نینسی کو لگا جیسے وہ اُسے براہِ راست دیکھ رہا ہے۔ اُس نے خُوشی سے اُچھلتے ہوئے کہا:

"او گلی ڈیبو۔"

اُسی وقت فلوٹ بِکھر گیا۔ اس کا دھواں اُگلتا مُنہ غائب ہو گیا۔ گردن بھی کہیں چلی گئی۔ جو آدمی اُس فلوٹ کے ٹرک کو چلا رہا تھا اچانک اژدہے کے غائب ہو جانے سے سب کو نظر آنے لگا۔ وہ گھبرا کر سڑک پر گِر پڑا۔ وہ بوکھلا کر کبھی اپنے آپ کو دیکھتا اور کبھی ادھورے فلوٹ کو۔ وہ سوچ رہا تھا کہ شاید میری غَلطی سے یہ سب ہو گیا ہے۔ اُس کے پیچھے دوسرا آدمی تھا۔ وہ رسّیوں کی مدد سے اژدہے کے سر کو اِدھر

اُدھر حرکت دے رہا تھا۔ رسّیاں تو اب بھی اُس کے ہاتھ میں تھیں مگر اژدہے کا کاغذی جسم کہیں نہیں تھا۔ اب صرف ٹرک سڑک پر کھڑا تھا۔ اِن دو آدمیوں کے علاوہ اُس ٹرک پر چار آدمی اور بھی سوار تھے، مگر اب وہ سب لوگوں کے سامنے تھے۔ سڑک پر سنّاٹا سا چھا گیا۔ اِتنے میں فائر انجن وہاں آ گئے۔ کسی نے اُنہیں اطلاع دے دی تھی۔ وہ یہ سمجھ کر آئے تھے کہ کوئی حادثہ ہو گیا ہے اور آگ لگ گئی ہے، مگر وہاں کُچھ بھی نہیں تھا۔ صرف ٹرک کھڑا تھا اور اُس پر بنا ہوا اژدہے والا فلوٹ غائب تھا۔

نینسی کی امّی نے کُچھ سوچا۔ اُن کے ذہن میں واقعات گڈ مڈ ہونے لگے۔ پھر اُنہوں نے خاموشی سے نینسی کا ہاتھ پکڑا اور اُس طرف آہستہ آہستہ کھسکنے لگیں جہاں اُن کی کار کھڑی تھی۔ دہشت سے اُن کی آنکھیں پھٹی جا رہی تھیں مگر کسی نہ کسی طرح اُنہوں نے نینسی کو کار میں بٹھایا اور پھر خود بھی ڈرائیونگ سیٹ پر آن بیٹھیں مگر ابھی تک وہ پریشان تھیں۔ اُن کی سمجھ میں نہیں آ رہا تھا کہ اِس حالت میں کار چلانی بھی چاہیے یا نہیں۔ پھر اُنہوں نے کار اسٹارٹ کی اور اُسے آگے بڑھا دیا۔

وہ خاصی دیر میں گھر پہنچیں۔ نینسی کے ابّو بھی اُن کے لیے پریشان تھے۔ اُنہیں چارلس کی اچانک اور پُراسرار گُم شدگی کا پتا چل چُکا تھا۔ اُس کو نہ صرف علاقے کی پولیس بلکہ اُس جگہ کا ہر فرد تلاش کر رہا تھا۔ نینسی کی امّی کار سے باہر نکلیں اور اپنے شوہر سے بولیں:

"فوراً جاؤ اور ڈاکٹر جوہالٹ کو بُلا کر لاؤ۔"

نینسی کے ابّو کو اُن کے لہجے پر حیرت ہوئی۔ وہ اپنی بیوی کو اچھّی طرح جانتے

تھے۔ وہ اپنے پڑوسیوں کی دُکھ تکلیف دیکھ کر پریشان ہو جاتی تھیں، مگر آج اُنہیں نہ جانے کیا ہو گیا تھا کہ اُنہوں نے چارلس کے بارے میں کوئی بات کرنے کے بجائے ڈاکٹر جو ہالٹ کو بُلانے کو کہا تھا۔ اُنہوں نے غور سے اپنی بیوی کو دیکھا۔ وہ بہت پریشان لگ رہی تھیں۔ لگ رہا تھا وہ کسی ایسی اُلجھن میں مُبتلا ہو گئی ہیں جس کا حل اُن کی سمجھ میں نہیں آ رہا ہے۔ وہ نرمی سے اُن سے بولے:

"مگر جو تو ماہرِ نفسیات ہے۔ تمہیں اُس کی ضرورت کیوں پڑ گئی ہے؟"

"بس مجھے اُس کی ضرورت ہے۔ اُسے بُلا کر لاؤ ورنہ میں پاگل ہو جاؤں گی۔ آج ہر بات عجیب ہو رہی ہے۔ پہلے چارلس غائب ہوا۔ اُس کے بعد عورتوں اور بچّوں سے بھری ہوئی لفٹ میری نظروں کے سامنے خالی ہو گئی اور پھر اژدہے والا فلوٹ اُس وقت اچانک غائب ہو گیا جب میں اُسے دیکھ رہی تھی۔ کیا یہ سب صحیح ہوا ہے یا میں پاگل ہو گئی ہوں؟ صرف مجھے یہ اُلٹی سیدھی چیزیں کیوں نظر آ رہی ہیں؟ میرا خیال ہے جو ہالٹ ہماری ضرور مدد کرے گا۔ اب تُم وقت ضائع نہ کرو، اُسے جلدی بلا کر لاؤ۔" کہتے کہتے نینسی کی امّی رو پڑیں۔ وہ سوچ رہی تھیں کہ اگر واقعی میں پاگل ہو گئی تو میرے گھر کا کیا ہو گا؟ میری بچی نینسی اور میرے شوہر کا کیا بنے گا؟ نینسی کے ابّو نے حیرت سے اپنی بیوی کی ساری باتیں سُنیں اور پھر خاموشی سے ڈاکٹر جو ہالٹ کو فون کرنے لگے۔ نہ جانے اُنہوں نے فون پر کیا کہا کہ ڈاکٹر صرف پانچ منٹ میں اُن کے گھر پہنچ گیا۔ ڈاکٹر جو ہالٹ نے نینسی کی امّی کو غور سے دیکھا۔ اُنہوں نے جو کو ساری بات ایک بار پھر تفصیل سے بتائی۔ اِس دوران سب کی توجّہ نینسی کی امّی کی طرف تھی۔ نینسی کی طرف کسی نے دھیان نہ دیا۔ وہ اُن کے

پاس کھڑی سب سُن رہی تھی۔ جب اُس کی امّی نے موٹی عورت کا ذکر کیا تو نینسی نے بیچ میں دخل دیتے ہوئے کہا:

"مگر امّی! اُسے تو میں نے اوگلی ڈیبو کہہ کر غائب کیا تھا۔"

اس کی امّی نے اُس کی بات پر کوئی توجّہ نہ کی بلکہ اُس کے ابّو اُس کا ہاتھ پکڑ کر باہر لے گئے تا کہ بچّی کے ذہن پر اِن باتوں کا بُرا اثر نہ پڑے مگر تھوڑی ہی دیر میں نینسی چُپکے سے آ کر وہاں کھڑی ہو گئی اور اپنی امّی کی باتیں سُننے لگی۔ وہ کہ رہی تھیں۔

"میری نظروں کے سامنے لِفٹ میں موجود وہ سب لوگ غائب ہو گئے غریب اور معصوم لوگ!"

"مگر امّی، وہ سب مُجھے پریشان کر رہے تھے۔ اُنہوں نے مُجھے اِس قدر دبا دیا تھا کہ میرا دم گھُٹنے لگا تھا۔ بس اِسی لیے میں نے اوگلی ڈیبو کہا اور سکون پایا۔ بالکل اِسی طرح میں نے چارلس کو غائب کیا تھا۔ وہ بھی تو مُجھے پریشان کر رہا تھا نا؟" نینسی نے یہ بات اِتنے اطمینان سے کہی کہ اُس کی امّی کو جھٹکا سا لگا۔ وہ دیوانوں کی طرح نینسی کو گھورنے لگیں۔ اچانک اُن کے چہرے پر اطمینان کی جھلک نظر آئی۔ اُنہوں نے بڑی محبت سے نینسی سے کہا:

"میری بچّی! کیا یہ سب تُم نے کیا تھا؟"

پھر وہ ڈاکٹر جوہالٹ کی طرف گھومیں اور بولیں:

"دیکھا جو! تُم نے اِس کی بات سُنی؟ یہ سارے واقعات اِتنے حیرت انگیز ہیں کہ بچّی کے دماغ پر بھی اِن کا اثر ہو گیا۔ مُجھے ڈر ہے کہ کہیں یہ پاگل نہ ہو جائے۔ تُم مُجھے چھوڑو ذرا اِس کو دیکھو!"

مگر ڈاکٹر جو ہالٹ بڑے غور سے نینسی کو دیکھ رہا تھا۔ اُس نے نینسی سے کہا:

"تو یہ سب تُم نے کیا ہے؟ بہت خوب نینسی ڈیئر، ذرا ہمیں بھی تو بتاؤ کہ تُم نے یہ سب کیسے کیا؟"

نینسی اُس کی دِل چسپی کو دیکھ کر خوش ہو گئی۔ اُسے ہنستے مُسکراتے لوگ بہت اچھّے لگتے تھے۔ لہٰذا نینسی نے ڈاکٹر جو ہالٹ کو ساری کہانی سُنا دی کہ اُس نے کس طرح یہ جادُو اپنے دادا جان سے سیکھا اور پھر اتنے سارے لوگوں کو غائب کر دیا۔ اُس نے اوگلی ڈیبو کی کارستانی جَو کو بتا دی کہ اِس کی وجہ سے اُس کا کھلونے والا سانپ، دُودھ کا گلاس اور دلیہ بھی غائب ہوا تھا۔ اپنی بات ختم کرتے ہوئے نینسی نے جَو سے کہا:

"آپ کہیں تو میں آپ کو بھی یہ جادُو دکھاؤں؟"

نینسی کی باتیں اُس کے امّی ابّو بھی سُن رہے تھے۔ ڈاکٹر جو ہالٹ نے ساری بات سُن لی مگر وہ کوئی فیصلہ نہ کر سکا۔ پھر اُس نے کُچھ دیر سوچنے کے بعد نینسی سے کہا:

"اچھا ڈیئر، ذرا اِس گُل دستے کو تو غائب کر کے دِکھاؤ!"

نینسی کی امّی نے جلدی سے کہا:

"نہیں، اِس گُل دستے کو کُچھ مت کرنا۔ یہ مُجھے بہت پسند ہے۔" مگر پھر اُنہوں نے آہستگی سے بولا۔ "اچھّا، چلو، تمہارے جادُو کو بھی دیکھے لیتے ہیں۔"

نینسی نے مُسکراتی نظروں سے اپنی امّی کو دیکھا اور پھر گُنگناتی ہوئی آواز میں کہہ دیا۔

"اوگلی ڈیبو۔"

نینسی کا دعوا صحیح نکلا۔ گُل دستہ غائب ہو چکا تھا۔

اس وقت رات کے دو بجے تھے۔ بہت تیز بارش ہو رہی تھی کہ نینسی کے دادا جان کے گھر کے دروازے پر دستک ہوئی۔ اُنہوں نے اُٹھ کر دروازہ کھولا۔ دروازے پر برساتیاں پہنے نینسی کے ابّو اور ڈاکٹر جو ہالٹ تھے۔ اُن کے چہروں پر ہوائیاں اُڑ رہی تھیں۔ نینسی کے ابّو نے اپنے ابّو سے کہا:

"آپ کو ابھی ہمارے ساتھ چلنا ہے، فوراً۔ نینسی ایک نفسیاتی بیماری میں مبتلا ہو گئی ہے اور یہ سب کُچھ آپ کی وجہ سے ہوا ہے۔ جلدی چلیے، اُس کا علاج کرنا ہے۔"

نینسی کے دادا جان نینسی کی بیماری کا سُن کر پریشان ہو گئے۔ اُنہوں نے فوراً اپنی برساتی اُٹھائی اور اُسے پہنتے ہوئے گھر سے باہر آ گئے۔ باہر موسلا دھار بارش ہو رہی تھی۔ اُس میں روشنیاں بھی دُھندلی پڑ گئی تھیں۔ ڈاکٹر جو ہالٹ نے کار پوری رفتار سے نینسی کے گھر کی طرف دوڑانی شروع کر دی۔ راستے میں دادا جان نے اُن سے پوچھا:

"مگر اُسے ہوا کیا ہے؟ وہ تو اچھّی خاصی تھی۔ کل ہی میں اُس سے ملا ہوں؟"

نینسی کے ابّو نے کہا:

"پتا نہیں اُسے کیا ہو گیا ہے۔ وہ جس چیز پر 'اوگلی ڈیبو' کہتی ہے وہ چیز غائب ہو جاتی ہے۔ ہم نے اُسے نیند کی دوا دے کر سُلا دیا ہے۔"

نینسی کے دادا جان نے کہا۔ "یہ کیا بات ہوئی؟ دیکھو میں ابھی اوگلی ڈیبو کہتا ہوں مگر کُچھ بھی نہیں ہوا۔ میں نے ہی اُسے اوگلی ڈیبو کہنا سکھایا تھا۔"

"اوہ! یہ بات ہے۔" جو ہالٹ نے ٹھنڈی سانس بھری۔ "دراصل آپ نے اُسے یقین دِلایا تھا کہ اگر وہ کسی چیز پر اوگلی ڈیبو کہے گی تو وہ غائب ہو جائے گی۔ بس یہ بات اس کے دِل میں بیٹھ گئی۔ اُس کو اِس بات پر اس قدر یقین ہو گیا کہ اب وہ جس چیز پر بھی یہ لفظ کہتی ہے وہ غائب ہو جاتی ہے۔ یہ یقین اور عقیدے کی وہ منزل ہے جہاں یقین کرنے والا ناکامی کے بارے میں سوچتا بھی نہیں ہے۔ یہ ایک نفسیاتی مسئلہ ہے۔"

نینسی کے دادا جان نے کہا۔ "میں نے ایک نفسیات دان کی کتاب میں پڑھا تھا کہ یقین اور اعتماد کی یہ منزل حاصل کرنے کے لیے بڑی محنت کرنی پڑتی ہے مگر نینسی نے تو۔۔۔"

اسی دوران وہ سب گھر پہنچ گئے۔ دادا جان نے اندر جاتے ہوئے ڈاکٹر جو ہالٹ سے پوچھا کہ اب یہ مسئلہ کیسے حل ہو گا؟ ڈاکٹر جو ہالٹ نے جواب دیا:

"اِسے صرف نینسی ہی حل کر سکتی ہے۔"

اب وہ نینسی کے کمرے میں تھے۔ وہ اطمینان سے سو رہی تھی، مگر کمرے کی ڈھیروں چیزیں غائب تھیں۔ نینسی کی امّی کے چہرے سے خوشی پھوٹی پڑ رہی تھی۔ اُنھوں نے بتایا کہ یہ سب چیزیں نینسی نے سونے سے پہلے اُن کی فرمائش پر غائب کر کے دِکھائی ہیں۔ کمرے میں اچھا خاصا شور مچ گیا۔ نینسی کے ابّو اپنی بیوی کی بات ماننے کو تیّار نہیں تھے۔ دادا جان اور ڈاکٹر جو ہالٹ الگ بحث میں اُلجھے ہوئے تھے۔ اِسی دوران نینسی کی آنکھ کھُل گئی۔ اور وہ اتنی خاموشی سے بستر سے اُتر آئی کہ کسی کو پتا بھی نہ چل سکا۔ دادا جان کو گھر میں دیکھ کر وہ خوش ہو گئی۔ اُس نے اُن سے کہا:

"آپ کا جادُو مجُھے خوب آگیا ہے! کر کے دِکھاؤں؟"

یہ سُن کر دادا جان پریشان ہو گئے۔ نینسی کے ابّو پیلے پڑ چُکے تھے اور جو ہالٹ بے چینی سے ہاتھ مل رہا تھا۔ اچانک دادا جان نے اُس سے کہا:

"سُنو نینسی! میں تمہیں ایک جادُو اور سِکھاتا ہوں۔ یہ پہلے والے سے بھی اچھّا ہے۔ اچھّا، ایسا کرو ذرا میرا یہ اوور کوٹ تو غائب کر کے دِکھاؤ۔" نینسی کے لیے یہ کون سا مُشکل کام تھا۔ اُس نے اُن کا اوور کوٹ غائب کر دیا۔ اب تو دادا جان سردی سے کپکپانے لگے۔ یہ دیکھ کر نینسی پریشان ہو گئی۔ اُس نے کہا:

"دادا جان! کیا آپ کو بہت سردی لگ رہی ہے؟"

"ہاں، مجُھے بہت سردی لگ رہی ہے۔ میرا اوور کوٹ! کیا تُم اُسے واپس لا سکتی ہو؟"

"مگر دادا جان! مجُھے تو اُسے لانے والا جادُو نہیں آتا۔" نینسی نے پریشانی سے کہا۔

"تُم ایسا کرو کہ اوگلی ڈیبو کو اُلٹا کر کے کہو یعنی ڈیبو اوگلی کہو۔ اِس سے غائب ہو جانے والی چیز واپس آسکتی ہے۔"

چناں چہ نینسی نے جیسے ہی ڈیبو اوگلی کہا دادا جان کا اوور کوٹ واپس آگیا۔ اب دادا جان نے اُس سے باقی چیزیں اور لوگ بھی لانے کو کہا۔ نینسی سب کو ڈیبو اوگلی کہہ کر واپس لاتی گئی، مگر چارلس کے لیے وہ بالکل تیّار نہیں تھی۔ اُس کا کہنا تھا کہ چارلس مجُھے بہت تنگ کرتا ہے مگر دادا جان، ابّو اور امّی کے سمجھانے پر وہ مان گئی۔ اس نے ڈیبو اوگلی کہا اور چارلس اُسی طرح مُنہ سے طرح طرح کی آوازیں نکالتا، اپنا

خلائی جہاز چلاتا اور خلائی ڈاکوؤں سے لڑتا واپس آ گیا۔ کمرے کا سامان، کُرسیاں، میز، گُل دستہ، پیانو، مینٹل پیس اور دیوار پر لگی پینٹنگز سب کُچھ واپس آچکا تھا مگر ابھی لِفٹ کے لوگ اور اژدہے کا فلوٹ آنا تھا۔ چارلس کی آواز سُن کر اُس کی امّی بھی وہاں آگئیں اور آنکھیں پھاڑے حیرت سے اپنے بیٹے کو تک رہی تھیں۔ ابھی اُن کی حیرت دور نہیں ہوئی تھی کہ موٹی عورت اور اُس کے آس پاس کی عورتیں بھی آ گئیں۔ موٹی عورت اِسی طرح لوگوں کو دھکیل رہی تھی۔ اُسی وقت لِفٹ والی عورتیں اور بچّے بھی وہاں آن موجود ہوئے۔ بچّے اُسی طرح شور مچا رہے تھے اور عورتیں تیز آواز میں بول رہی تھیں مگر یہ سب لوگ اپنے آپ کو لِفٹ کے بجائے نینسی کے گھر میں دیکھ کر حیران تھے، وہ بھی آدھی رات کو اور طوفانی بارش ہو رہی تھی۔ موٹی عورت بھی حیران تھی کہ وہ ڈپارٹمنٹل اسٹور سے اُس گھر کے اندر کیسے آگئی؟ پھر اژدہے کا پورا کاغذی جسم وہاں آگیا، مگر اب اُس کی گردن حرکت نہیں کر رہی تھی بلکہ وہ بے حس و حرکت پڑا تھا۔ نینسی کا کھلونے والا سانپ، اُس کی گڑیا، دُودھ اور دلیہ سبھی کُچھ تو واپس آگیا تھا۔ نینسی یہ سب دیکھ کر بہت خوش ہوئی کہ وہ نہ صرف چیزیں غائب کرنا سیکھ گئی تھی بلکہ اُنہیں واپس بھی لا سکتی تھی۔ اُس نے دادا جان سے یہ بات کہی تو اُنہوں نے بہت محتاط لہجے میں کہا:

"اب تمہارا جادُو ختم ہو گیا ڈیئر۔ دراصل جب تم نے اُسے اُلٹا کر کے یعنی اوگلی ڈیبو کے بجائے ڈیبو اوگلی، کہا تو غائب کرنے والا جادُو خود بہ خود ختم ہو گیا۔ میرے ساتھ بھی یہی ہوا ہے۔ میں نے جب یہ جادُو سیکھا تو خوب چیزیں اور لوگ غائب کیے تھے مگر جب اُنہیں واپس لایا تو غائب کرنے والا جادُو میرے ہاتھ سے جاتا رہا۔

پھر میں نے سوچا کہ ایسے جادُو کا کیا فائدہ جو دوسرِوں کو دُکھ دے، مگر اُس دِن تُم نے مُجھ سے ضِد کی تو میں نے تمہیں یہ سِکھا دیا مگر واپس لانے والا جادُو بتانا بھول گیا جس کی وجہ سے یہ ساری پریشانی ہوئی۔"

نینسی یہ سُن کر بہت مایوس ہوئی۔ اب وہ اپنے جادُو کی طاقت سے محروم ہو چکی تھی۔ وہ سوچ رہی تھی کہ اب میں اپنی ناپسندیدہ چیزوں سے نجات کس طرح حاصل کروں گی۔ اس کے دادا جان نے اُسے سمجھایا:

"دیکھو نینسی، یہ جادُو، وادو سب بے کار کی باتیں ہیں۔ اِن سے کوئی فائدہ نہیں۔ اگر وقتی طور پر کوئی فائدہ پہنچتا بھی ہے تو اُس کا نتیجہ نقصان کی صورت میں سامنے آتا ہے۔ اصل جادُو عِلم کا جادُو ہے، عِلم کی طاقت ہے۔ علم حاصل کرو۔"

***

۴

جھیل کے اس پار

مصنف: Grimm Brothers

مترجم: احمد عدنان طارق

ایک دفعہ کا ذکر ہے کہیں ایک غریب آدمی رہا کرتا تھا۔ اس کے ہاں بیٹا پیدا ہوا جس کے ماتھے پر ستارے کا نشان تھا۔ سبھی لوگ اس نشان کو دیکھ کر کہنے لگے کہ یہ بچہ بہت خوش قسمت ثابت ہو گا اور بڑا ہو کر بہت امیر ہو گا۔ ضرور کسی بہت خوب صورت شہزادی سے شادی کرے گا۔

اس ملک کے بادشاہ کی ایک ہی بیٹی تھی۔ جو نہ صرف بہت خوب صورت تھی بلکہ خوب سیرت بھی تھی وہ جب بڑی ہوئی تو بادشاہ نے ایک روز پوری ریاست میں منادی کروادی کہ جو بھی نوجوان دور اندھیرے غار میں رہنے والے جن کے سر سے تین بال توڑ کر لائے گا تو ایسے بہادر نوجوان سے وہ اپنی بیٹی کی شادی کر دے گا۔ دور دور کے نواب اور شہزادے قسمت آزمائی کے لیے آئے لیکن کامیاب نہ ہو سکے۔ تب تک غریب آدمی کا بیٹا بھی جوان ہو چکا تھا۔ ایک دن وہ راستے سے گزر رہا تھا تو

اسے شاہی بگھی ملی جس میں شہزادی بیٹھی ہوئی تھی۔ لڑکے نے شہزادی کو جوں ہی دیکھا اس نے دل میں فوراً فیصلہ کر لیا کہ وہ شہزادی ہی سے شادی کرے گا۔ اس نے بھی منادی سنی تھی۔ لہٰذا وہ بھی قسمت آزمانے شاہی محل کی طرف روانہ ہو گیا۔

بادشاہ نے غریب لڑکے کو دیکھا تو پریشان ہو گیا کہ کہیں وہ کامیاب ہی نہ ہو جائے۔ وہ اسے مہم پر جانے سے روک تو نہ سکا لیکن دل میں اس کی خواہش تھی کہ وہ کامیاب نہ ہو سکے۔ اُدھر غریب لڑکا اندھیرے غار کی طرف روانہ ہو گیا۔ راستے میں پڑنے والے شہر کے جب وہ نزدیک پہنچا تو شہر کے ارد گرد قلعہ کی فصیل پر سے محافظوں نے اسے روکا اور اسے پوچھنے لگے کہ وہ شکل سے بہت سمجھدار لگتا ہے۔ بتائے کہ شہر کے درمیان میں لگا ہوا فوارہ سوکھ گیا ہے اور اس میں سے پانی اچھل نہیں رہا اگر وہ اس سوال کا جواب دے گا تو وہ اسے بہت سا سونا انعام میں دیں گے۔ لڑکے نے محافظوں سے وعدہ کیا کہ وہ ان کے سوال کا جواب سفر کی واپسی پر دے گا۔

وہ وہاں سے روانہ ہوا اور اگلے شہر پہنچا۔ وہاں کے محافظوں نے بھی اس سے ایک سوال پوچھا: "بھائی ہمیں بتاؤ ہمارے شہر میں ایک درخت ہے جس پر سونے کے سیب اگتے تھے، جب کہ اب ایک پتا بھی نہیں اگتا۔ اگر تم نے ہمیں اس سوال کا جواب دے دیا تو ہم تمھیں بہت سی چاندی دیں گے۔"

لڑکے نے سوال کا جواب دینے کے لیے سفر سے واپسی کا وقت مانگ لیا اور سفر پر آگے روانہ ہو گیا۔ چلتے چلتے وہ ایک بہت ہی بڑی جھیل کے کنارے پر پہنچا۔ آگے کے سفر کے لیے جھیل کو عبور کرنا ضروری تھا۔ ایک کشتی والے نے اسے جھیل کے

پار لگانے کی حامی بھری لیکن ساتھ ہی اس نے بھی لڑکے سے ایک سوال کا جواب پوچھ لیا۔ وہ پوچھنے لگا: "بھیا! مجھے بتاؤ میں کب تک اس کشتی پر لوگوں کو جھیل کے آر پار لے کر جاتا رہوں گا آخر مجھے کب آزادی ملے گی؟ اگر تم مجھے اس سوال کا جواب بتاؤ گے تو میں تمھیں بہت سا انعام دوں گا!"

لڑکے نے اسے بھی کہا کہ وہ واپسی پر بتائے گا۔

جب اس نے جھیل عبور کر لی تو تھوڑا فاصلہ طے کرنے کے بعد وہ اندھیرے غار تک پہنچ گیا۔ وہ اندھیرا غار بہت بھیانک لگ رہا تھا لیکن بہادر لڑکے نے ہمت نہیں ہاری اور غار کی طرف بڑھا۔ اندھیرے غار کے منہ پر اسے ایک بڑھیا ملی جو ایک کرسی پر بیٹھی آگے پیچھے جھول رہی تھی۔ اس نے پوچھا: "لڑکے! تمھیں کس کی تلاش ہے؟" لڑکے نے بتایا کہ وہ جن کے سر سے تین سنہری بال توڑنے آیا ہے۔ بڑھیا نے اسے کہا: "یہ بہت مشکل کام ہے لیکن میں نے تمھارے ماتھے پر ستارے کا نشان دیکھ لیا ہے۔ میں جن کی دادی ہوں اور میں تمھاری مدد کروں گی۔"

لڑکا جلدی سے بولا: "دادی! مجھے یہ بھی معلوم کرنا ہے کہ شہر کا فوارہ کیوں سوکھ گیا ہے؟ اور دوسرے شہر کے درخت پر سونے کے سیب کیوں نہیں لگتے؟ اور کیوں کشتی والا آزاد نہیں ہو سکتا۔"

دادی بولی: "یہ بہت مشکل سوالات ہیں لیکن جن جب غار میں آئے گا تو تم بھی غور سے سننا جو وہ کہے گا۔" یہ کہ کر دادی نے جلدی سے اسے ایک چیونٹی کی شکل میں تبدیل کر دیا اور اپنی قمیص کی آستین میں چھپا لیا۔ رات ہوئی تو جن غار میں واپس آیا۔ وہ غار میں داخل ہوتے ہی بولا: "مجھے کسی انسان کی بو آرہی ہے دادی۔"

پھر اس نے غار میں اِدھر اُدھر دیکھا لیکن جب اسے کوئی نہیں ملا تو اس نے دادی کی گود میں سر رکھا اور گہری نیند سو گیا۔

دادی نے انتظار کیا۔ آخر جب جن خراٹے لینے لگا تو اس نے جن کے سر سے ایک سنہری بال زور سے کھینچ کر توڑ لیا۔ فوراً جن جاگا اور تکلیف سے چیخ کر بولا: "او ہو دادی! آپ یہ کیا کر رہی ہیں؟" دادی بولی!" مجھے افسوس ہے بیٹا لیکن میں نے خواب میں دیکھا ہے کہ دور شہر میں ایک فوارہ سوکھ گیا ہے اس کی کیا وجہ ہو سکتی ہے؟"

آدھے سوئے آدھے جاگتے جن نے کہا: "بہت آسان جواب ہے۔ فوارے کے پتھر کے نیچے ایک بڑا مینڈک بیٹھا ہوا ہے اس کو مار دو تو پانی فوارے میں رواں ہو جائے گا۔" یہ کہہ کر جن گہری نیند سو گیا۔ تبھی دادی نے اس کے سر سے دوسرا سنہری بال اکھاڑ لیا۔ جن دوبارہ چیختے ہوئے اٹھا تو دادی نے اسے پچکارتے ہوئے کہنے لگیں: "بیٹا مجھے واقعی بہت افسوس ہے لیکن کیا کروں میں نے ایک اور خواب میں دیکھا ہے کہ ایک بہت بڑی ریاست ہے جس میں ایک سیب کا درخت ہے جس پر سونے کے سیب اگتے تھے لیکن اب درخت پر کوئی پتا بھی نہیں اُگتا آخر اس کی وجہ کیا ہے؟"

جن اکتا کر بولا: "تم مجھے تنگ کر رہی ہو دادی! سیب کے درخت کی جڑوں میں ایک بہت بڑا چوہا ان کو چوس رہا ہے اگر چوہے کو مار دیا جائے تو درخت پر دوبارہ سونے کے سیب اگنے لگیں گے۔" یہ بتا کر وہ پھر گہری نیند سو گیا۔ دادی نے انتظار کیا اور جب وہ دوبارہ خراٹے لینے لگا تو تیزی سے اس نے جن کے سر سے تیسرا سنہری

بال بھی توڑ لیا۔ اس دفعہ تو جن غصے سے چھلانگ لگا کر اٹھا لیکن دادی معافی مانگنے لگی۔ وہ بولی: "بس آخری دفعہ معافی! مجھے پھر عجیب و غریب خواب آیا ہے کہ جھیل پر ایک کشتی والا ہے جو کشتی پر سواریوں کو پار لگاتا ہے آخر اسے اس نوکری سے آزادی کب ملے گی؟" جن نے غصے سے دادی کو جواب دیا: "کشتی والے کو چاہیے کہ سواری جب کشتی پر بیٹھے تو اس کے ہاتھوں میں چپو پکڑا کر خود بھاگ جائے تب یہ فرض سواری کو نبھانا پڑے گا۔" یہ کہہ کر جن گہری نیند سو گیا۔

اگلے دن صبح سویرے جن غار سے چلا گیا۔ دادی نے چیونٹی کو پھر سے لڑکا بنایا اور تینوں سنہری بال اس کے حوالے کیے اور اسے جلدی سے وہاں سے جانے کو کہا۔ لڑکے نے دادی کا شکریہ ادا کیا اور وہاں سے روانہ ہو گیا۔ وہ جلد ہی کشتی والے کے پاس پہنچا تو اس نے لڑکے کو جھیل کے پار اتار دیا۔ لڑکے نے کشتی والے کو بتایا: "جو سواری کشتی میں بیٹھے اپنے چپو اس کے حوالے کر کے بھاگ جانا۔" کشتی والے نے اس کا شکریہ ادا کیا اور لڑکا وہاں سے روانہ ہو گیا۔

پھر وہ درخت والی ریاست میں پہنچا تو اس نے محافظوں کو بتایا: "چوہے کو مار دو جو درخت کی جڑوں کو چوس رہا ہے اور سونے کے سیب دوبارہ اگنے لگیں گے۔" محافظوں نے اس کا شکریہ ادا کیا اور اسے بہت سی چاندی انعام میں دی۔ پھر وہ لڑکا چلتا ہوا اس شہر میں پہنچا جہاں فوارہ سوکھ گیا تھا۔ اس نے وہاں کے محافظوں کو بتایا: "پتھر کے نیچے بیٹھے ہوئے بڑے مینڈک کو مارو تو فوارہ سے پانی دوبارہ رواں ہو جائے گا۔" محافظوں نے اس کا شکریہ ادا کیا اور پھر انعام میں بہت سا سونا دے کر اسے روانہ کیا۔ لڑکا سفر کرتے ہوئے بادشاہی محل میں پہنچا اور ایک مخملی تھیلی میں جن کے تینوں

سنہری بال رکھ کر بادشاہ کو پیش کیے۔ بادشاہ کو بہت افسوس ہوا کہ آخر وہ لڑکا یہ مہم سر کرنے میں کامیاب کیوں ہو گیا؟ وہ بولا: "تم نے واقعی شرط پوری کر دی ہے لیکن تم اتنے غریب ہو کہ میں شہزادی کی شادی تم سے نہیں کر سکتا۔"

لڑکے کو بادشاہ کی بات سن کر بہت غصہ آیا۔ اس نے بادشاہ کو وہ سونا اور چاندی دکھایا جو اس نے سفر کے دوران میں کمایا تھا وہ بولا: "میں اتنا غریب بھی نہیں ہوں جتنا آپ مجھے سمجھتے ہیں اور پھر بادشاہ سلامت! آپ نے وعدہ بھی تو کیا تھا۔"

جب لالچی بادشاہ نے اتنا سونا اور چاندی دیکھا تو وہ سب کچھ بھول کر لڑکے سے پوچھنے لگا کہ آخر یہ اسے کہاں سے اور کیسے ملا؟

لڑکا جلدی سے بولا: "بادشاہ سلامت! جھیل کے کنارے سے آپ کشتی والے سے کہو گے تو وہ آپ کو پار لے جائے گا اور جھیل کے پار آپ کو سونے اور چاندی کے پہاڑ نظر آجائیں گے۔"

بادشاہ سے مزید انتظار نہ ہوا وہ تیزی سے جھیل کے کنارے پہنچا اور کشتی والے کو کہہ کر جلدی سے کشتی میں بیٹھ گیا۔ کشتی والا موقع کی تلاش میں تھا اس نے جلدی سے بادشاہ کو چپوا پکڑائے اور خود وہاں سے بھاگ گیا۔ بادشاہ کے بارے میں میرا اندازہ ہے کہ وہ ابھی تک کشتی میں سواریوں کو جھیل کے آر پار لے جا رہا ہو گا، البتہ شہزادی نے اپنی اچھی فطرت کے عین مطابق لڑکے سے شادی کر لی اور وہ ہنسی خوشی زندگی بسر کرنے لگے۔

***

۵

دو دوستوں کی ایک کہانی

مصنف: گائے ڈی موپساں

ترجمہ: محمد عادل منہاج

انگریز فوج نے کافی عرصے سے اس علاقے کا محاصرہ کر رکھا تھا۔ یہ چھوٹا سا گاؤں بھی اس خوبصورت وادی کا حصہ تھا۔ مگر اب کوئی بھی شخص گاؤں سے باہر نہیں جاسکتا تھا۔ علاقے کی سرحد پر مقامی فوجی تعینات تھے جو ابھی تک یہاں کی حفاظت کر رہے تھے۔ یہاں کے لوگ فاقوں کا شکار تھے مگر کچھ کر نہیں سکتے تھے۔

ایک روشن صبح ایک گھڑی ساز شاذل سڑک کے کنارے کنارے اداس چلا جا رہا تھا۔ اس کے کپڑے پھٹے ہوئے تھے اور پیٹ خالی تھا۔ اچانک اسے سامنے سے اپنا پرانا دوست آتا نظر آیا۔ یہ ایک تاجر تھا جس کا نام حازم تھا۔

جنگ شروع ہونے سے پہلے شاذل ہر اتوار کو صبح سویرے اٹھتا اور علاقے کی سرحد تک جاتا۔ وہاں ایک دریا بہتا تھا جس سے آگے ایک بڑی سی جھیل بھی تھی۔ وہ وہاں پہنچتے ہی دریا کے کنارے بیٹھتا اور مچھلیاں پکڑنا شروع کر دیتا۔ وہیں ایک دن

اس کی ملاقات حازم سے ہوئی۔ اسے بھی مچھلیاں پکڑنے کا شوق تھا۔ اب وہ دونوں ہر اتوار کا دن وہیں گزارتے۔ دریا کے کنارے پاؤں لٹکائے بیٹھے ہوتے اور مچھلی پکڑنے کی راڈ پانی میں لٹکائی ہوتی۔ کبھی وہ سارا دن خاموشی سے بیٹھے رہتے مگر وہ ایک دوسرے کو اتنی اچھی طرح جانتے تھے کہ انھیں ایک دوسرے کا مدعا سمجھنے کے لیے الفاظ کی ضرورت نہ ہوتی۔ ان کے ایک جیسے مشاغل تھے اور ہر اہم معاملے پر ایک سی ہی رائے ہوتی۔

بہار کی کسی صبح جب سورج ان کی کمر پر چمکتا اور انھیں گرمی پہنچاتا اور بادل کے آوارہ ٹکڑے ادھر ادھر تیرتے پھرتے تو شاذل کہتا: "کتنا خوبصورت دن ہے!"

اور حازم مسکرا کر جواب دیتا: "ہاں۔ شاندار!" اور انھیں ایک دوسرے کی بات سمجھنے کے لیے اس سے زیادہ اور کچھ نہ کہنا پڑتا۔

پھر سال کے آخر میں جب خزاں کا موسم ہوتا۔ سورج ٹھنڈا ہوتا اور درختوں کے پتے جھڑ جھڑ کر دریا میں گر رہے ہوتے۔ ایسے کسی موقع پر حازم مسکراتا اور شاذل کی طرف مڑ کر کہتا:

"کتنی شاندار شام ہے!"

شاذل جو مچھلی کے شکار میں مصروف ہوتا فوراً جواب دیتا: "ہاں یہ شہر کی سڑکوں پر پھرنے سے کہیں بہتر ہے۔"

مگر یہ سب کچھ جنگ شروع ہونے سے پہلے کی باتیں تھیں۔ اب شہر کی اداس اور خالی سڑک پر وہ ملے تو شاذل اداسی سے بولا: "کتنا مشکل وقت آگیا ہے۔"

حازم نے اسے دیکھا اور جواب دیا: "مگر دن تو اب بھی خوبصورت ہے نا۔ اس

سال کا بہترین دن۔" آسمان پر بادل کا کوئی ٹکڑا نہیں تھا اور نیلا آسمان خوب چمک رہا تھا۔

"تمھیں وہ دن یاد ہیں جب ہم مچھلیاں پکڑا کرتے تھے۔ کتنے اچھے دن تھے وہ۔" شاذل بولا۔

"یقیناً۔ مگر اب وہ دن نہ جانے کب آئیں گے۔" حازم نے کہا۔

پھر وہ بے مقصد سڑکوں پر پھرنے لگے۔ سورج خوب گرم تھا اور انھیں جھلسا رہا تھا۔ اچانک شاذل چلتے چلتے رک گیا اور بولا: "چلتے ہو!"

"کہاں؟" حازم نے حیرت سے پوچھا۔

"مچھلیاں پکڑنے، وہیں دریا کے کنارے۔ ہمارے فوجی دریا کے اس طرف تعینات ہیں۔ میں ان کے انچارج کو جانتا ہوں۔ مجھے یقین ہے وہ ہمیں تھوڑی دیر کے لیے مچھلیاں پکڑنے کی اجازت دے دے گا۔" یہ سنتے ہی حازم ایک دم جوش میں بھر گیا۔

"کیا زبردست آئیڈیا ہے۔ فوراً چلو پھر۔" وہ بولا۔

وہ دونوں تیزی سے اپنے گھر گئے اور مچھلیاں پکڑنے کا سامان لیا۔ ایک گھنٹے بعد وہ دونوں پھر اسی پرانے راستے پر جا رہے تھے۔ راستے میں انھیں بہت سے فوجی بھی ملے جنھوں نے مسکرا کر انھیں دیکھا مگر وہ سب تھکے تھکے لگ رہے تھے۔ جلد ہی وہ سرحد تک پہنچ گئے۔ انچارج ان کی بات سن کر مسکرایا اور بولا:

"مگر دریا کے دوسری طرف دشمن فوج ہے اور ہمیں خطرہ ہے کہ وہ کسی بھی وقت ادھر آسکتی ہے۔"

"بس تھوڑی سی دیر۔" شاذل نے التجا کی۔

انچارج کچھ سوچتا رہا اور پھر بولا: "تمھارے پکڑے جانے کا بھی خطرہ ہے۔ اچھا پھر سنو جانا ہی ہے تو ایک کام کر کے جاؤ۔"

"وہ کیا؟" دونوں بولے اور انچارج انھیں کچھ سمجھانے لگا۔ ان کے چہروں پر پہلے حیرت پھر جوش دوڑ گیا۔

انچارج سے بات کر کے وہ آگے بڑھے۔ انچارج نے انھیں ایک پاس ورڈ بھی بتایا تھا کہ وہ پاس ورڈ بتا کر واپس آسکتے ہیں ورنہ فوجی انھیں روک لیں گے اگر وہ نہ ہوا یا انھیں خطرہ محسوس ہوا۔ دونوں بھاگتے ہوئے دریا کے کنارے جا پہنچے۔ وہاں ہر چیز ویسی ہی تھی۔ یوں جیسے کچھ بھی نہ بدلا ہو۔ وہی پر سکون زندگی۔

"ادھر دشمن کے فوجی ہو سکتے ہیں۔" حازم نے پہاڑی کی طرف اشارہ کرتے ہوئے کہا۔ شاذل اداسی سے مسکرایا۔ نہ جانے کیوں آج وہ دونوں خود کو اکیلا اکیلا محسوس کر رہے تھے۔ ابھی تک دشمن فوجیوں کو کسی نے نہیں دیکھا تھا مگر خبر گرم تھی کہ وہ علاقے میں داخل ہونے ہی والے ہیں۔ ان کے بارے میں مشہور تھا کہ وہ جہاں بھی جاتے ہیں ہر شخص کو ہلاک کر دیتے ہیں۔ کھیتوں کو آگ لگا دیتے ہیں اور عمارتوں کو تباہ کر دیتے ہیں۔

وہ دونوں پانی میں ٹانگیں لٹکائے بیٹھے تھے اور چوکنے انداز میں ادھر ادھر دیکھ بھی رہے تھے۔ انھوں نے مچھلیاں پکڑنے کی راڈیوں مضبوطی سے تھام رکھی تھی کہ جیسے اگر دشمن آگئے تو اسی راڈ سے ان کا مقابلہ کریں گے۔

"اگر دشمن نے ہمیں پکڑ لیا تو کیا ہو گا؟" اچانک شاذل نے پوچھا۔

"ہم ان سے کہیں گے کہ آؤ ہمارے ساتھ مچھلیوں کا شکار کرو۔" حازم نے مسکرا کر کہا۔ اس کی بات سن کر شاذل بھی مسکرا اٹھا مگر وہ دونوں ہی نروس تھے۔ ان کی آنکھیں اور کان پوری طرح کھلے تھے مگر وہاں ہر طرف ایک سناٹا تھا۔ ایک گھمبیر خاموشی۔

اچانک جھاڑیاں ہلیں وہ زور سے چونکے اور تیزی سے بھاگے۔ دونوں ایک درخت کے پیچھے چھپ گئے۔ مگر وہاں کوئی نہ تھا۔ بس ہوا ہی تو چلی تھی۔ وہ دونوں وہاں تنہا تھے۔ وہ دوبارہ آکر دریا کے کنارے بیٹھ گئے۔ اب وہ کچھ بہتر محسوس کر رہے تھے۔

پہلے شاذل کے ہک میں ایک مچھلی پھنسی اور اس نے تیزی سے راڈ کھینچا۔ پھر تو جلد ہی ان کی ٹوکری مچھلیوں سے بھرنے لگی۔ آج وہاں بہت مچھلیاں تھیں کیوں کہ عرصے سے کوئی شکاری ادھر نہیں آیا تھا۔ اب وہ دونوں بہت خوش تھے۔ انھوں نے ایسی خوشی کبھی محسوس نہیں کی تھی۔ نہ ہی پہلے کبھی اتنی مچھلیاں پکڑی تھیں۔

اچانک ایک دھماکا سا ہوا اور ان کے نیچے زمین ہلی۔ ان کے بائیں طرف دھواں سا اٹھتا نظر آیا۔ شاذل نے بوکھلا کر چاروں طرف دیکھا اور بولا: "ادھر۔ ادھر کچھ ہوا ہے۔"

حازم کا راڈ ابھی تک پانی میں تھا۔ اس نے ناراضی سے ادھر دیکھا کہ کون ہے جو اتنے خوبصورت دن کو برباد کر رہا ہے۔ آخر یہ لوگ چاہتے کیا ہیں؟ کیوں لوگوں کو مارتے ہیں؟ چیزوں کو برباد کرتے ہیں۔ دونوں نے ایک دوسرے کی طرف دیکھا اور بات سمجھ گئے۔ اب فوجیوں کے بوٹوں کی آواز قریب آگئی تھی۔ وہ چار فوجی

تھے جنھوں نے گنیں تان رکھی تھیں۔ مچھلیوں کے راڈ ان کے ہاتھوں سے گر پڑے۔

وہ پکڑے گئے تھے۔ فوجیوں نے انھیں رسیوں سے باندھ دیا۔ اور پھر دریا میں ایک کشتی نمودار ہوئی۔ انھیں کشتی میں گرایا گیا اور کشتی دریا کے مرکز کی طرف چل پڑی۔ وہ سمجھتے تھے کہ وہاں کوئی نہیں مگر آگے جاکر ایک چھوٹے سے جزیرہ نما پر دشمن کے فوجیوں نے کیمپ لگا رکھا تھا۔ وہاں ان کا کمانڈر ایک کرسی پر بیٹھا سگار پی رہا تھا۔ ان دونوں کو لے جاکر اس کے سامنے پیش کیا گیا۔ کمانڈر نے انھیں اور ان کی مچھلیوں سے بھری ٹوکری کو دیکھا اور مسکرا کر بولا:

"ہیلو جنٹل مین۔ آج تو تم نے خوب شکار کیا۔" پھر وہ انھیں غور سے دیکھتے ہوئے بولا:" اب غور سے میری بات سنو۔ میں اچھی طرح جانتا ہوں کہ تم دونوں جاسوس ہو اور ہماری ٹوہ لینے ادھر آئے تھے۔ اپنا اصل روپ چھپانے کے لیے تم نے مچھلیوں کے شکاری کا بہروپ بھرا۔ مگر اب تم پکڑے گئے ہو اور یہ تمھارے حق میں بہت برا ہوا ہے۔ لیکن اب بھی تمھارے بچنے کا ایک چانس ہے۔ تم اپنی فوج کا پاس ورڈ جانتے ہو جبھی سرحد تک پہنچے۔ بس وہ پاس ورڈ مجھے بتادو۔"

دونوں دوست ایک ساتھ کھڑے تھے اور خوفزدہ نگاہوں سے ایک دوسرے کو دیکھ رہے تھے۔

"دیکھو اگر تم نے پاس ورڈ بتا دیا تو زندہ واپس جاسکو گے۔ تمھاری فیملی کو تمھاری ضرورت ہے۔ لیکن اگر تم یونہی خاموش کھڑے رہے تو مارے جاؤ گے۔" کمانڈر بولا۔

وہ ایک لفظ بھی بولے بغیر یونہی کھڑے رہے۔ کمانڈر نے دریا کی طرف اشارہ کیا اور بولا:

"صرف پانچ منٹ بعد تم اس دریا کی تہہ میں پڑے ہوگے۔ صرف پانچ منٹ بعد۔ اگر تم نے پاس ورڈ نہ بتایا۔"

دونوں پھر بھی خاموش رہے۔ کمانڈر نے فوجیوں کو اشارہ کیا اور ایک ساتھ کئی گنیں ان کی طرف تن گئیں۔ ان کے چہرے ستے ہوئے تھے۔ فضا میں تناؤ تھا۔

کمانڈر کرسی سے اٹھا اور مخالف سمت چل پڑا۔

"میں تمھیں صرف ایک منٹ اور دیتا ہوں۔" وہ بولا۔ پھر وہ اچانک مڑا اور شاذل کے قریب آیا اور اس سے سرگوشی میں کہا: "تمھارا دوست تو بے وقوف ہے۔ تمھیں بھی مروائے گا۔ تم مجھے چپکے سے پاس ورڈ بتادو۔" مگر شاذل خاموش رہا۔ پھر کمانڈر نے اسی طرح حازم سے بھی سرگوشی کی مگر وہاں سے بھی کوئی جواب نہ ملا۔ اور پھر آخرکار اس کے صبر کا پیمانہ لبریز ہوگیا اور اس نے اشارہ کر دیا۔ ٹریگروں پر انگلیاں جم گئیں۔ شاذل نے مچھلیوں کے ٹوکرے کی طرف دیکھا اور اداسی سے مسکرایا۔

"خداحافظ حازم۔" وہ بولا۔

"خداحافظ۔" حازم نے بھی کہا۔

"تمھارے مرنے کے بعد ہم ان مچھلیوں کو بھون کر کھائیں گے۔ آج کیا شاندار کھانا ملے گا۔" کمانڈر مسکرایا۔ پھر اس کا ہاتھ جھکا اور گولیاں چل گئیں۔ دونوں کے جسم میں بیک وقت کئی گولیاں لگیں مگر اس سے ذرا پہلے ان کے

ہاتھ جیبوں میں گئے اور کچھ نکال کر مچھلیوں کے ٹوکرے میں ڈال دیا۔ وہاں ایک زبردست دھماکا ہوا۔ ہر چیز ہل کر رہ گئی۔ ٹوکرے سے مچھلیاں گویا اڑ اڑ کر اچھلنے لگیں۔

ان کے انچارج نے انھیں بہت سا بارود دیا تھا جو انھیں نے مچھلیوں کے پیٹ میں بھر دیا تھا اور مرتے مرتے اس بارود کو اڑا دیا تھا۔ دونوں دوست وطن پر قربان ہو چکے تھے۔ اور دشمن کا ٹھکانا بھی تباہ ہو گیا تھا۔

***

۶

چوری

مصنف: Arnold Bennett

مترجم: گل رعنا صدیقی

سر جی کی بیگم نے ایک بار پھر کہا: "اگر یہ پورٹریٹ مزید کچھ عرصہ یہاں لگا رہا تو میں اسے دیکھ دیکھ کر پاگل ہو جاؤں گی۔ اسے دیکھ کر میری بھوک پیاس ہی اڑ جاتی ہے۔" ان کا اشارہ میز کے عین سامنے والی دیوار پر لگے ایک بڑے سے پورٹریٹ کی جانب تھا۔

سر جی نے اس بات کا کوئی جواب نہیں دیا۔ بیگم سر جی کو یہ پورٹریٹ سخت ناپسند تھا۔ صرف انھیں ہی کیا، پورے قصبے میں یہ پورٹریٹ کسی کو بھی پسند نہیں تھا لیکن اس کو انگلستان کے مشہور ترین مصور کریسیج نے پینٹ کیا تھا اور اس کی بنائی ہوئی پینٹنگز کی قیمت کسی بھی طرح ہزار پاؤنڈز سے کم نہیں ہوتی تھی۔

سر جی اپنے قصبے کے سب سے کامیاب اور تجربہ کار تاجر تھے۔ ان کی برتن بنانے والی فیکٹری انگلستان کی سب سے بڑی فیکٹریز میں سے ایک تھی اور یہاں کی

بنائی ہوئی پلیٹیں اور چائے کے برتن پوری دنیا میں فروخت ہوتے تھے۔ سرجی بے حد امیر تھے کیونکہ وہ اپنے برتن بہت مہنگے داموں فروخت کرتے اور اپنے کارکنان کو بہت کم تنخواہ دیتے۔ لیکن اس کے ساتھ ہی ساتھ سرجی کو شہرت حاصل کرنے اور اہم نظر آنے کا بہت شوق تھا لہٰذا وہ اپنی آمدنی سے کبھی کبھار قصبے کے اسکولوں اور اسپتالوں کے لیے چندہ دیا کرتے تھے۔ قصبے کے لوگ اکثر سرجی کی کنجوسی اور دوغلے پن کا مذاق اڑایا کرتے تھے۔ لیکن اسکے ساتھ ہی وہ چندہ دینے پر سرجی کا شکریہ بھی ادا کرنا چاہتے تھے۔ انھوں نے سرجی کو ان کی خدمات کے صلے میں بطور تحفہ ایک پورٹریٹ دینا چاہا۔ سو مشہور مصور کریسیج نے سرجی کا ایک پورٹریٹ بنایا جس کے بارے میں لوگوں کا خیال تھا کہ یہ تصویر حقیقت کی درست عکاسی کرتی ہے۔

ایک اخبار کے مطابق: "یہ ایک چھوٹے سے قصبے کے سب سے کامیاب اور امیر تاجر کی تصویر ہے جو بہت ذہانت سے پینٹ کی گئی ہے۔ چونکہ مسٹر سرجی کو دوسروں سے زیادہ اہم نظر آنے کا بہت شوق ہے لہٰذا مصور نے اس تصویر میں سرجی کو شاہی محل کے ایک نواب کے طور پر پیش کیا ہے۔"

یہ پورٹریٹ دراصل سرجی کی دوغلی شخصیت پر ایک طنز تھا۔ تصویر میں مصور نے سرجی کے بھنچے بھنچے ہونٹ اور ماتھے پر تیوریوں کو خوب واضح کیا تھا جس کی وجہ سے تصویر اور بدصورت نظر آتی تھی۔ قصبے میں جس نے بھی اس تصویر کو دیکھا، اس کے چہرے پر بیساختہ مسکراہٹ آگئی۔ کچھ تو منہ دبا کے ہنسے بھی لیکن سرجی کو

مجبوراًنہ صرف وہ تصویر بطور تحفہ قبول کرنی پڑی بلکہ اس "عزت افزائی" کا شکریہ بھی ادا کرنا پڑا۔ اب یہ پورٹریٹ ان کے گھر میں ایک دیوار پر آویزاں تھا۔ اور سولہ ماہ بعد ہی سرجی کی بیگم اس تصویر سے شدید بیزار ہو گئیں۔

"احمقانہ باتیں مت کرو بیگم! تم جانتی ہو کہ یہ پورٹریٹ مجھے پورے قصبے کی طرف سے بطور تحفہ ملا ہے۔ میں اسے اتار کر نہ کہیں کونے کھدرے میں ڈال سکتا ہوں اور نہ اسے بیچ سکتا ہوں۔ مجھے یہ پورٹریٹ اپنی جان سے زیادہ عزیز ہے۔"

سرجی نے اپنی بیگم سے کہا اور بالکل جھوٹ کہا کیونکہ سرجی کو اس تصویر سے شدید نفرت تھی۔ ان کے ذہن میں اس تصویر سے پیچھا چھڑانے کا ایک خفیہ منصوبہ پرورش پا رہا تھا۔

"کیا آپ آج صبح قصبے جائیں گے؟" بیگم سرجی نے پوچھا۔ ان کی حویلی قصبے سے باہر بنی ہوئی تھی۔

"ہاں! آج مجھے عدالت جانا ہے۔" سرجی نے جواب دیا۔

وہ قصبے کی عدالت کے مجسٹریٹ تھے۔ قصبے کے سفر کے دوران وہ اپنے منصوبے پر غور کرتے رہے۔ یہ ایک خطرناک منصوبہ تھا لیکن صرف اسی طریقے کے ذریعے وہ اس تصویر سے ہمیشہ کے لیے جان چھڑا سکتے تھے۔

آج کے دن قصبے کی پولیس نے سرجی پر بہت تاؤ کھایا۔ عدالت میں پولیس نے ایک شخص کا کیس پیش کیا تھا جو ان کے مطابق منجھا ہوا چور تھا۔ وہ اسے کم از کم پانچ سال کے لیے جیل بھجوانا چاہتے تھے۔ مگر سرجی نے ان کے دلائل سے اتفاق نہیں کیا اور ان کی طرف سے پیش کیے گئے ثبوتوں کی دھجیاں اڑا دیں۔ پولیس نے جرم

ثابت کرنے کی اپنی سی کوشش کی لیکن سر جی نے "ناکافی شواہد" کی بنیاد پر اس چور ولیم اسمتھ کو باعزت بری کرنے کا فیصلہ سنا دیا۔ عدالت سے باہر نکلنے سے پہلے سر جی نے ولیم کو اپنے دفتر میں طلب کیا۔

"اسمتھ! آج تمہاری قسمت نے تمہارا بہت ساتھ دیا کہ تم یوں بچ نکلے۔" سر جی نے بات کا آغاز کیا۔ اسمتھ ایک دبلا پتلا چھوٹے سے قد کا آدمی تھا جس کے بال الجھے ہوئے اور کپڑے میلے کچیلے تھے۔

"جی ہاں۔ میں واقعی خوش قسمت ہوں۔ لیکن آپ مجھ سے کیا چاہتے ہیں؟"

"میرا خیال ہے کہ میں تمہاری مدد کر سکتا ہوں۔" سر جی نے محتاط لہجے میں کہا۔

"میرا نہیں خیال کہ مجھے اس وقت کسی قسم کی مدد کی ضرورت ہے۔ لیکن ہاں، اگر کوئی پیسوں کا معاملہ ہے تو میں کبھی انکار نہیں کروں گا۔" اسمتھ نے جواب دیا۔

"بیٹھ جاؤ۔" سر جی نے کہا۔

ولیم اسمتھ سر جی کے سامنے والی کرسی پر بیٹھ گیا۔ "جی؟" اس نے سوالیہ لہجے میں پوچھا۔

"میں چاہتا ہوں کہ تم میرے گھر سے ایک چیز چرا لو لیکن تمہیں اس چوری کی کوئی سزا نہیں ملے گی۔"

یہ سن کر اسمتھ حیران رہ گیا۔ "جی کیا کہا؟"

"قصبے سے باہر میری حویلی ہے۔ اس حویلی میں کھانے کے کمرے میں میرا ایک پورٹریٹ لگا ہوا ہے۔ میں چاہتا ہوں کہ وہ چوری ہو جائے۔"

"چوری ہو جائے ؟" ولیم اسمتھ نے دہرایا۔

"ہاں۔"

"آپ مجھے یہ کام کرنے کے کتنے پیسے دیں گے ؟"

"تمہیں پیسے دوں ؟ لیکن کس بات کے بھئی ؟ وہ کریسیج کا بنایا ہوا پورٹریٹ ہے۔ تمہیں امریکا میں اس پورٹریٹ کے دو ہزار ڈالر تک مل سکتے ہیں۔"

اسمتھ نے چند لمحے سوچا اور پھر کہنے لگا: "ٹھیک ہے۔ میں یہ کام صرف آپ کی خاطر بغیر معاوضے کے کروں گا کیونکہ آج آپ نے مجھے جیل جانے سے بچایا ہے۔"

"تم یہ کام کب کرو گے ؟ آج رات ؟" سرجی نے بیتابی سے پوچھا۔

"نہیں۔ آج رات میں بہت مصروف ہوں۔" اسمتھ نے جواب دیا۔

"تو پھر کل رات ؟"

"میں کل بھی بہت مصروف رہوں گا۔"

"اوہ! تم تو خاصی مصروف شخصیت ہو بھئی!" سرجی نے کہا۔

"وہ تو میں واقعی ہوں۔ آپ کا کام میں پرسوں کر سکتا ہوں۔"

"لیکن پرسوں تو چاند رات ہے۔" سرجی نے اعتراض کیا۔

"ہاں۔ میں یہ کام یا تو چاند رات کو کر سکتا ہوں یا عید کی رات کو، عید کے اگلے دن سے میں پھر بہت مصروف ہو جاؤں گا۔"

"مجھے امید ہے کہ تمہاری یہ مصروفیت ہمارے قصبے میں نہیں ہو گی؟" سرجی نے چبھتے ہوئے لہجے میں کہا اور ولیم اسمتھ نے ایک قہقہہ لگایا۔

"نہیں! اس قصبے میں اب کوئی ایسی قیمتی چیز نہیں بچی ہے جو مجھے مصروف رکھ

سکے۔"

یوں دونوں میں چاند رات پر اتفاق ہو گیا۔

"اب میں تمھیں ذرا اپنی حویلی کا نقشہ سمجھا دوں تا کہ تمھیں اندر داخل ہونے اور کھانے کے کمرے تک پہنچنے میں کوئی مشکل پیش نہ آئے۔۔۔" سر جی کی بات سن کر ولیم اسمتھ نے دوبارہ قہقہہ لگایا۔

"مجھے حویلی کا نقشہ آپ سمجھائیں گے؟ کیا آپ نے مجھے اتنا ہی احمق سمجھا ہوا ہے؟ میں ایک کاروباری آدمی ہوں اور اس حویلی کو آپ سے بھی زیادہ اچھی طرح جانتا ہوں۔"

عید سے ایک روز پہلے جب سر جی گھر لوٹے تو انھوں نے دیکھا کہ ان کی بیگم سامان باندھ رہی ہیں۔ ان دونوں کو یہ عید اپنے بیٹے کے ساتھ اس کے نئے گھر میں گزارنی تھی جو دوسرے قصبے میں رہتا تھا۔ سر جی نے فوری طور پر تو اپنی بیگم سے کچھ نہیں کہا لیکن شام کی چائے پیتے ہوئے اچانک کہنے لگے: "میں آج قصبے سے باہر نہیں جا سکوں گا۔ مجھے کچھ ضروری کام نمٹانے ہیں۔"

"اوہ سر جی! آپ یہ بات مجھے پہلے نہیں بتا سکتے تھے؟ میں نے تو جانے کے لیے سارا سامان بھی باندھ لیا۔" ان کی بیگم نے ناراض ہو کر کہا۔

سر جی نے اس سوال کا جواب دینے کے بجائے کہا:

"میں کل صبح آ جاؤں گا۔ تم آج ہی چلی جاؤ۔"

"لیکن میں نے تو آج کچھ بھی نہیں پکایا اور تمام ملازم بھی عید کی چھٹیوں پر جا چکے ہیں۔ آپ رات کو کیا کھائیں گے؟ فریج میں صرف تھوڑی سی باسی سبزی پڑی

ہے۔ اگر آپ کہیں تو میں بھی آج رک جاتی ہوں۔ کل اکٹھے ہی چلے جائیں گے!"

"نہیں۔ میں وہی سبزی کھالوں گا۔ میری فکر نہ کرو۔ تم جاؤ۔" سرجی نے جلدی سے کہا۔

بیگم کو بیٹے کے گھر روانہ کرنے کے بعد سرجی نے کھانے کے کمرے میں بیٹھ کر باسی سبزی کھائی۔ پورٹریٹ ان کی نظروں کے سامنے تھا۔ وہ حویلی میں بالکل اکیلے تھے اور یہ اچھا ہی ہوا۔ اگر حویلی میں کوئی ایک بھی ملازم ہوتا تو وہ آج رات ولیم اسمتھ کی کارروائی میں خلل ڈال سکتا تھا۔ تاہم سرجی کچھ گھبرائے ہوئے بھی تھے۔ شاید ایک چور کو خود اپنے گھر میں دعوت دینا ایک خطرناک منصوبہ تھا۔ انھوں نے ایک نظر پھر اپنے پورٹریٹ پر ڈالی جو سونے کے بڑے سے فریم میں جڑا ہوا تھا۔

"کیا وہ اس کا فریم بھی لے جائے گا؟" انھوں نے ہاتھ ملتے ہوئے سوچا، "کاش وہ یہ فریم نہ لے جائے۔ یہ بہت قیمتی فریم ہے۔ میرے کام آئے گا۔" ان کا لالچ سے بھرا دل گویا ڈوبنے لگا پھر انھوں نے خود کو تسلی دینی شروع کی۔

"نہیں۔ وہ فریم نہیں لے جائے گا۔ وہ بہت دبلا پتلا سا آدمی ہے اور یہ فریم بہت بھاری ہے۔ ہاں، البتہ اگر وہ اپنے ساتھ کسی ساتھی کو لایا تو شاید وہ مل کے یہ فریم بھی لے جائیں۔ خیر! تصویر سے نجات حاصل کرنے کے لیے کچھ تو قربانی دینی ہی پڑے گی۔" سرجی نے سوچا۔ "الوداع" سرجی میز سے اٹھتے ہوئے اپنے پورٹریٹ سے مخاطب ہوئے۔ پھر انھوں نے ولیم اسمتھ کے لیے کمرے کی ایک کھڑکی کھول دی اور خود اپنے کمرے میں چلے گئے۔

ان کو نیند نہیں آ رہی تھی۔ وہ خاموشی سے گھر میں کسی ہلچل کے منتظر تھے۔ رات کو تقریباً دو بجے کے قریب کچھ آوازیں سنائی دیں پھر سناٹا چھا گیا۔ کچھ دیر بعد دوبارہ کھٹر پٹر کی آوازیں آنے لگیں۔ اسمتھ اپنے کام میں مصروف ہے۔ قصبے کا سب سے مصروف آدمی!!! سر جی یہ سوچ کر دل ہی دل میں مسکرائے۔ پھر وہ خاموشی سے اپنے بستر سے نکلے اور دبے قدموں چلتے ہوئے اپنے کمرے کی کھڑکی تک آئے۔ انھوں نے دیکھا۔ دو آدمی ایک بڑی سی چوکور چیز اٹھا کے گھر سے باہر نکل رہے تھے۔ تو اسمتھ اپنے دوست کے ساتھ آیا تھا اور وہ پورٹریٹ کے ساتھ فریم بھی لے گیا ہے! سر جی نے ٹھنڈی سانس بھری۔ وہ دوبارہ اپنے بستر میں گھس گئے۔ اس بار ان کو نیند آ گئی۔ صبح جب وہ اپنے کمرے سے باہر نکل کر کھانے کے کمرے میں آئے تو انھوں نے دیکھا۔

تصویر کمرے کے فرش پر پڑی تھی اور اس پر بڑے بڑے حروف میں لکھا ہوا تھا۔ "یہ تصویر میرے کسی کام کی نہیں ہے۔"

تصویر کا سنہری فریم غائب تھا۔ صرف فریم ہی نہیں، سونے اور چاندی سے بنے ہوئے گھر کے تمام برتن بھی غائب تھے۔ سر جی کو تحفے کی ناقدری بہت مہنگی پڑی تھی!!!

***

۷

خط کی چوری

مصنف: Edgar Allan Poe

مترجم: محمد یونس حسرت

ایک شام کی بات ہے، میں اپنے عزیز دوست اور فرانس کے مشہور سراغ رساں "آگئے دوپن" کے پاس بیٹھا تھا۔ ہم اس پراسرار چوری کے بارے میں باتیں کر رہے تھے جو چند روز قبل (فرانس کے دارالحکومت) پیرس کے ایک بارونق بازار میں ہوئی تھی اور جس کا ابھی تک کوئی سراغ نہیں مل سکا تھا۔

اتنے میں کمرے کا دروازہ کھلا اور ایک شخص اندر آیا، جو اگرچہ ہمارا پرانا واقف کار تھا لیکن اس وقت اس کے وہاں آنے کی کوئی توقع نہ تھی۔ یہ شخص پیرس کی خفیہ پولیس کا سب سے بڑا افسر تھا۔ وہ ایک سرکاری کام سے آیا تھا۔

اس نے آتے ہی اپنا مسئلہ میرے دوست کے سامنے پیش کر دیا۔ یہ مسئلہ ایک خط کی چوری کا تھا، جس کی وجہ سے پیرس کی پولیس کو بے حد پریشانی اٹھانی پڑ رہی تھی۔ اس نے پہلے ادھر ادھر دیکھا اور پھر یہ اطمینان کر کے کہ کمرے میں ہمارے

سوا کوئی اور موجود نہیں، کہنے لگا:

"شاہی محل سے ایک اہم خط چرایا گیا ہے۔ جس شخص نے خط چرایا ہے، اس کا ہمیں علم ہے۔ خط کے مالک نے اس کو خط اٹھاتے اپنی آنکھوں سے دیکھا ہے اور ہمیں یہ بھی معلوم ہے کہ یہ خط ابھی تک اس کے پاس موجود ہے۔"

"میں کچھ سمجھا نہیں۔" دوپن نے کہا۔

"بات یہ ہے میرے دوست۔" پولیس افسر بولا۔"اس خط کا چور ایک وزیر ہے۔ خط شہزادی کا ہے۔ وہ اپنے کمرے میں اس خط کو پڑھنے میں مصروف تھی کہ اس کی بڑی بہن آگئی۔ شہزادی نہیں چاہتی تھی کہ اس کی بہن کو خط کا علم ہو۔ اس نے پہلے تو اسے میز کی دراز میں چھپانے کی کوشش کی، پھر اسے میز پر ہی ڈال دیا۔ عین اسی وقت وہ وزیر صاحب تشریف لے آئے، انہوں نے خط دیکھا تو اس کی تحریر پہچان لی اور پھر شہزادی کے چہرے پر گھبراہٹ دیکھ کر سمجھ گئے کہ اس خط میں ضرور کوئی راز کی بات ہے۔

وزیر صاحب ایک سرکاری کام کے سلسلے میں وہاں آئے تھے۔ انہوں نے شہزادی سے باتیں کرتے ہوئے اپنی جیب سے ایک خط نکالا اور اسے پڑھنے کے بعد شہزادی کے خط کے پاس ہی میز پر رکھ دیا۔ پھر اپنا کام ختم کرنے کے بعد انہوں نے دونوں خط اٹھا کر جیب میں ڈال لیے۔ شہزادی خاموش رہی۔ وہ نہیں چاہتی تھی کہ اس خط کا اس کی بڑی بہن کو علم ہو۔ اب وزیر صاحب اس خط سے سیاسی فائدہ اٹھانا چاہتے ہیں۔ شہزادی نے تھک ہار کر مجھ سے کہا کہ میں کسی طرح یہ خط واپس حاصل کروں۔"

"اور آپ کو اس میں کامیابی نہیں ہوئی۔" دوپن نے کہا۔

"ظاہر ہے۔" پولیس افسر نے جواب دیا۔ "ورنہ میں آپ کی خدمت میں کیوں حاضر ہوتا۔ میں آپ کو یہ بھی بتادوں کہ یہ وزیر صاحب اکثر راتوں کو گھر سے باہر رہتے ہیں۔ چنانچہ ہمارے لیے ان کے گھر کی تلاشی لینا بڑا آسان تھا۔ ہم نے ان کے مکان کا کونا کونا چھان مارا ہے۔ بستر، میزیں، کرسیاں، دیواریں، کتابیں غرض ہر چیز کی تین ماہ تک چھان بین کی ہے لیکن نتیجہ سوائے ناکامی کے اور کچھ نہیں نکلا۔"

"میرا خیال ہے وزیر صاحب یہ خط اپنے پاس نہیں رکھتے ہوں گے۔" میں نے کہا۔

"بالکل نہیں۔" پولیس افسر بولا۔ "ہم ڈاکو بن کر کئی بار ان کی تلاشی لے چکے ہیں۔ آپ مجھے اس سلسلے میں کیا مشورہ دیتے ہیں، مسٹر دوپن؟"

"وزیر صاحب کے گھر کی دوبارہ تلاشی لیجیے۔" دوپن نے کہا۔ "میں اس سے بہتر مشورہ نہیں دے سکتا۔ ویسے آپ کو خط کے بارے میں تو معلوم ہو گا کہ وہ کیسا تھا؟"

جواب میں پولیس افسر نے پوری تفصیل بیان کردی۔ پھر بڑی مایوسی سے اٹھ کر رخصت ہو گیا۔ کوئی ایک مہینے بعد اس پولیس افسر سے ہماری دوبارہ ملاقات دوپن کے ہاں ہی ہوئی۔

"خط کا کوئی پتا چلا؟" میں نے اس سے پوچھا۔

"نہیں!" پولیس افسر نے اداسی سر ہلایا۔ "ہم نے ایک بار پھر سارے گھر کی تلاشی لی۔ لیکن نتیجہ وہی ڈھاک کے تین پات۔"

"اس کے لیے آپ لوگوں نے کتنا انعام رکھا ہے؟" دوپن نے پوچھا۔

"بہت بھاری انعام ہے۔" پولیس افسر نے جواب دیا۔ "میں ٹھیک رقم تو نہیں بتا سکتا لیکن میں ذاتی طور پر اس شخص کو پچاس ہزار روپیہ دینے کو تیار ہوں جو مجھے یہ خط لادے۔"

اس پر دوپن نے کہا۔ "تو پھر میرا خیال ہے کہ آپ اس رقم کا چیک کاٹ دیں، جیسے ہی آپ چیک پر دستخط کریں گے، خط آپ کو مل جائے گا۔"

دوپن کی یہ بات سن کر میں حیران رہ گیا۔ پولیس افسر کی حالت ایسی تھی جیسے اس پر بجلی گر پڑی ہو۔ کچھ دیر وہ حیرت سے دوپن کا منہ تکتا رہا، پھر اس نے چیک بک نکالی اور پچاس ہزار کا چیک کاٹ کر دوپن کی طرف بڑھا دیا۔

دوپن نے چیک لے کر اسے غور سے دیکھا، پھر دراز میں سے ایک لفافہ نکال کر پولیس افسر کے حوالے کر دیا۔ اس نے کانپتے ہوئے ہاتھوں سے لفافہ کھولا۔ اس کے اندر رکھے ہوئے خط پر ایک نظر ڈالی اور پھر ایک لفظ کہے بغیر کمرے سے نکل گیا۔

"بھئی، یہ معجزہ کیسے کر دکھایا تم نے؟" پولیس افسر کے جانے کے بعد میں نے دوپن سے پوچھا۔ اس نے مسکراتے ہوئے سارا معاملہ مجھے سمجھانا شروع کیا، کہنے لگا:

"پیرس کی پولیس اپنے کام میں بہت ہوشیار اور مستعد ہے۔ وہ اپنا فرض اور اسے انجام دینے کے تمام طریقوں سے بہ خوبی آگاہ ہے۔ پولیس افسر نے جب وزیر کے گھر کی تلاشی کے متعلق بتایا تو مجھے یقین ہو گیا کہ انہوں نے اس سلسلے میں کوئی کسر اٹھا نہیں رکھی ہو گی۔ انہوں نے تلاشی کے جو طریقے اختیار کیے، وہ بہت اچھے

ہوں گے، لیکن انہیں اس بات کا خیال نہیں آیا کہ ان طریقوں سے وزیر جیسے گھاک اور کائیاں آدمی کو مات نہیں دی جاسکتی۔

وزیر صاحب کوئی معمولی آدمی نہیں، انہیں معلوم تھا کہ ان کے گھر کی تلاشی لی جائے گی۔ بلکہ انہوں نے راتوں کو جان بوجھ کر گھر سے غائب رہ کر پولیس کو اس کا موقع دیا کہ وہ ان کے گھر کی تلاشی لے۔ میں نے اس معاملے پر جتنا غور کیا اتنا ہی مجھے یقین ہو گیا کہ خط اس وزیر کے مکان ہی میں موجود ہے اور اس نے اسے چھپانے کے لیے یہ طریقہ اختیار کیا کہ اسے کہیں چھپایا ہی نہیں۔

چنانچہ ایک صبح میں سیاہ چشمہ لگا کر وزیر صاحب کے گھر جا پہنچا۔ تم جانتے ہو کہ وہ میرے پرانے شناسا ہیں۔ میں نے آنکھوں میں تکلیف کا بہانہ کیا اور چشمہ نہیں اتارا لیکن ان کے ساتھ باتیں کرتے ہوئے برابر چشمے کے شیشوں میں سے کمرے کا جائزہ لیتا رہا۔

آخر کار میری نگاہ آتش دان کے نیچے ایک چھوٹے سے تختے پر پڑی جو ایک کیل میں لٹک رہا تھا۔ تختے میں کئی خانے تھے۔ ان خانوں میں پانچ چھ ملاقاتی کارڈ پڑے تھے اور ایک خط بھی تھا اور یہ وہی خط تھا جس کی پولیس کو تلاش تھی۔ یہ خط میلا کچیلا اور مڑا تڑا تھا اور اسے یوں سب سے اوپر کے خانے میں ڈال دیا گیا تھا جیسے کوئی ردی کا ٹکڑا ہو۔

اس خط کو دیکھتے ہی مجھے یقین ہو گیا کہ یہی وہ خط ہے۔ پولیس افسر نے خط کی جو تفصیل بیان کی تھی، اس سے یہ خط کافی مختلف تھا لیکن یہ فرق وزیر صاحب نے جان بوجھ کر پیدا کیا تھا۔ صرف اس لیے کہ اس کی طرف کسی کا دھیان نہ جائے۔

خط کے متعلق اپنا اطمینان کر لینے کے بعد میں نے وزیر صاحب سے اجازت چاہی اور آتے ہوئے اپنی نسوار کی ڈبیا وہیں، وزیر صاحب کی میز پر چھوڑ آیا۔

اگلی صبح نسوار کی ڈبیا لینے کے بہانے میں پھر وزیر صاحب کے ہاں جا پہنچا لیکن جب ہم باتیں کر رہے تھے تو باہر پستول چلنے کی آواز آئی اور اس کے ساتھ چند چیخیں سنائی دیں۔ وزیر صاحب جلدی سے کھڑکی کی طرف گئے۔ میں نے موقع غنیمت جانا، فوراً آتش دان کی طرف بڑھا، تختے کے خانے میں سے خط نکال کر جیب میں ڈالا اور اس کی جگہ ویسا ہی ایک اور خط رکھ دیا۔ اس کے کچھ دیر بعد ہی میں وہاں سے چلا آیا۔

وہ پستول چلانے والا آدمی میرا بھیجا ہوا تھا۔"

دوپن کے منہ سے یہ باتیں سن کر میں عش عش کر اٹھا۔ پھر کچھ سوچ کر بولا: "ایک بات میں نہیں سمجھا۔ تم جب پہلی مرتبہ وہاں گئے تھے تو اسی وقت خط کیوں نہ اٹھا لیا؟ اور پھر اسی جگہ اسی قسم کا خط کیوں رکھا؟"

"تم ان وزیر صاحب کو نہیں جانتے۔" دوپن نے ہنستے ہوئے کہا۔ "جیسا کہ تم کہہ رہے ہو، میں ویسا ہی کرتا تو وزیر صاحب مجھے جان سے مار ڈالتے اور میرے بجائے وہاں سے میری لاش نکلتی۔" اس کے علاوہ میں ان کا پرانا حساب بھی چکانا چاہتا تھا۔"

"پرانا حساب؟" میں نے حیرت سے کہا۔

"ہاں، میں چاہتا تھا کہ انہیں یہ معلوم نہ ہو کہ وہ خط ان کے ہاتھ سے نکل گیا ہے۔ وہ یہ سمجھ کر کہ خط ان کے پاس ہی ہے، اپنے کام میں مصروف رہیں۔"

"یہ تو کوئی پرانا حساب نہ ہوا۔" میں نے کہا۔

"وہ بھی بتاتا ہوں، جب ان کو ان کے کرتوتوں کی وجہ سے وزارت کے عہدے سے ہٹایا جائے گا تو وہ شہزادی والا خط دیکھیں گے تاکہ اس سے فائدہ اٹھائیں اور اپنی برطرفی رکوادیں۔ جب انہیں یہ معلوم ہوگا کہ وہ خط کسی نے اڑالیا ہے تو ان کے ذہن میں یہ خیال آئے گا کہ وہ کون شخص ہے جس نے انہیں مات دی ہے۔ سو، اس خط کے اندر میں نے اپنے بارے میں ذرا سا اشارہ دے دیا ہے۔ انہوں نے ایک بار میرے ساتھ ایک زیادتی کی تھی، اس طرح انہیں پتا چل جائے گا کہ میں نے ان کا حساب چکا دیا ہے۔"

***

۸

مقابلہ کتب بینی

مصنف: Francesca Simon

ترجمہ: گل رعنا

مس بٹیل ایکس کلاس کو کچھ بتا رہی تھیں لیکن ہنری سننے کے بجائے حساب کی کتاب میں کیڑے مکوڑے بنا رہا تھا۔ وقفے وقفے سے اس کے کانوں میں کوئی ایک آدھ لفظ پڑ جاتا تھا۔ "کتاب۔۔۔۔" مقابلہ، انعام۔ انعام کا لفظ سنتے ہی ہنری کے کان کھڑے ہو گئے۔ "کیسا انعام؟" وہ چلایا۔ "چیخو مت ہنری!" مس بٹیل نے ناگواری سے کہا۔ ہنری نے دوبارہ چیخ کر کہا۔ "کس بات پر انعام ملے گا؟"

"ہنری! اگر تم کتاب میں کیڑے مکوڑے بنانے کے بجائے ٹیچر کی باتوں پر توجہ دے رہے ہوتے تو تم کو یہ سوال کرنے کی ضرورت ہی پیش نہ آتی۔" مس نے کہا۔ ہنری کا منھ بن گیا۔ ایک تو ٹیچر کی باتوں میں دلچسپی لو اور جب سوال پوچھو تو ٹھیک سے جواب بھی نہیں ملتا۔

"ہاں تو بچو! جیسا کہ میں کہہ رہی تھی کہ کتب بینی کے اس مقابلے کے لیے

آپ کے پاس دو ہفتے ہیں، ان میں آپ جتنی بھی کتابیں پڑھنا چاہیں، پڑھ سکتے ہیں۔ جو سب سے زیادہ کتابیں پڑھے گا وہ یہ مقابلہ جیت جائے گا لیکن یاد رکھیے کہ آپ جتنی بھی کتابیں پڑھیں گے، سب پر ایک رپورٹ بھی لکھیں گے تاکہ پتا چلے کہ آپ نے وہ کتاب واقعی پڑھی ہے۔" مس کہہ رہی تھیں۔

"اوہ! مقابلہ کتب بینی!" ہنری کا منھ لٹک گیا۔ کتاب پڑھنا سخت مشکل اور بھاری بھرکم کام ہے۔ کتاب کے ورق الٹنے سے ہی ہنری تھک جاتا تھا۔ آخر یہ اسکول والے کوئی دلچسپ مقابلے کیوں نہیں کراتے؟ جیسا کہ کم سے کم وقت میں زیادہ سے زیادہ کھانے کا مقابلہ، سب سے زیادہ چیخنے کا مقابلہ، سب سے زیادہ بچوں کی پٹائی کرنے کا مقابلہ؟ ہنری یہ سب مقابلے باآسانی جیت سکتا تھا لیکن نہیں بھئی! مس بٹیل کوئی اچھا مقابلہ تھوڑی کرا سکتی ہیں۔ خیر! وہ کسی صورت اس فضول مقابلے میں حصہ نہیں لے گا مگر پھر انعام بھی برینی برائن یا کلیور کلیئر کو مل جائے گا اور وہ منھ دیکھتا رہ جائے گا۔ یہ تو بے ایمانی ہے!

"انعام کیا ہوگا؟" موڈی مارگریٹ نے پوچھا۔ "کوئی فضول ہی انعام ہوگا مثال پنسل بکس۔" ہنری نے سوچا۔ "ٹافیاں؟" گریڈی گراہم چلایا۔ "ایک کروڑ روپے؟" روڈ رالف بولا۔ "کپڑے؟" پریٹی پرنس چلائی۔ "اسکیٹ بورڈ؟" ایرو بک ال چیخا۔

"خاموش۔" مس بٹیل نے کہا۔ "جیتنے والے بچے کو انعام کے طور پر ایک نئے کھلنے والے تھیم پارک کا فیملی ٹکٹ دیا جائے گا۔" ہنری سنبھل کر اپنی سیٹ پر بیٹھ گیا۔ "اوہ تھیم پارک! کتنا مزہ آتا ہے پارک میں! رولر کوسٹرز، سوئمنگ پول،

جھولے! اف!! اس کے والدین تو اسے کبھی بھی کسی تھیم پارک میں لے کر نہیں گئے لیکن اگر وہ یہ مقابلہ جیت جائے تو تھیم پارک جا سکتا ہے۔ اس کو یہ انعام جیتنا ہی ہو گا۔ مگر کیسے؟ وہ بغیر کوئی کتاب پڑھے مقابلہ کتب بینی کیسے جیت سکتا ہے؟

"کیا کامک بکس بھی مقابلے میں شامل ہو سکتی ہیں؟" روڈ رالف چلایا۔ ہنری کا دل اچھل کود کرنے لگا۔ کامک بک پڑھنے میں تو وہ استاد تھا اور با آسانی یہ مقابلہ جیت سکتا تھا۔ مس بٹیل نے رالف کو قہر آلود نظروں سے دیکھا، پھر بولیں۔ "ہرگز نہیں! کلیور! تم کتنی کتابیں پڑھ سکتی ہو؟"

"پندرہ۔" کلیور کلیئر بولی۔

"برائن تم؟"

"اٹھارہ۔"

"انیس!" کلیئر بولی۔

"بیس۔" برائن بولا۔ ہنری دل ہی دل میں مسکرایا۔ کیا ان سب کو جھٹکا نہیں لگے گا جب وہ یہ مقابلہ جیت جائے گا؟ جس لمحے وہ گھر پہنچا، بس اسی وقت سے کتابیں پڑھنے پر جت جائے گا۔

گھر جا کر ہنری نے ٹی وی لگالیا۔ کتابیں پڑھنے کے لیے تو ابھی پورے دو ہفتے پڑے ہیں۔ منگل کو پانچ نئی کامک بکس پڑھنا زیادہ ضروری تھا، کتابیں تو کل بھی پڑھی جا سکتی ہیں۔ بدھ کو ٹی وی پر اتنے اچھے پروگرام آتے ہیں۔ وہ کل سے کتابیں پڑھنا شروع کر سکتا ہے۔ جمعرات کو نیا کمپیوٹر گیم کھیلنے کے بعد کتابیں پڑھنے کا وقت نہیں ملا۔ جمعہ! پورے ہفتے کی تھکن جمع ہو گئی۔ آج ذرا آرام کر لیا جائے۔ کتابیں

پڑھنے کے لیے تو ابھی کافی وقت ہے۔

اور پھر یوں ہی اگلا ہفتہ بھی گزر گیا۔ "ہنری! تم نے کتنی کتابیں پڑھ لی ہیں؟" اس کے چھوٹے بھائی پیٹر نے پوچھا۔ "بے شمار۔" ہنری نے جھوٹ بولا۔ "اور تم نے؟" اس نے پوچھا۔ "پانچ! اپنی کلاس میں سب سے زیادہ۔" پیٹر نے فخر سے کہا۔ "اوہ صرف پانچ! خیر! ویسے اس وقت تم کیا پڑھ رہے ہو؟" ہنری نے سرسری انداز میں پوچھا۔

"ننھا شہزادہ۔" پیٹر بولا۔ "اور یہ کس بارے میں ہے؟" ہنری نے تفتیش جاری رکھی۔ "بڑی اچھی کتاب ہے۔ یہ ایک ایسے شہزادے کے بارے میں ہے جو۔۔۔" پیٹر کہتے، کہتے رک گیا۔ "ایک منٹ! میں تمھیں نہیں بتارہا۔ تم مجھ سے کہانی پوچھ کر اسے اپنی رپورٹ میں شامل کرلوگے۔ خیر! اب اس کا کوئی فائدہ نہیں۔ کل مقابلے کا آخری دن ہے۔" ہنری کو لگا جیسے کسی نے اس کے سینے پر خنجر گھونپ دیا ہو۔ دو ہفتے کس قدر تیز رفتاری سے گزر گئے! "کیا کہا؟ کل مقابلے کا آخری دن ہے؟" ہنری چلایا۔ "ہاں!" پیٹر بولا، "تمھیں کتابیں مقابلے کے پہلے دن سے پڑھنی چاہیے تھیں۔ کبھی بھی آج کا کام کل پر نہیں چھوڑنا چاہیے۔" پیٹر نے نصیحت آمیز لہجے میں کہا۔ "بکواس بند کرو!" ہنری چلایا۔ "کیا کروں، کیا پڑھوں! مجھے یہ مقابلہ ہر قیمت پر جیتنا ہے۔ اُف!" ہنری نے کہتے کہتے ایک دم پیٹر کی کتاب پر جھپٹا مارا۔ "مجھے اپنی کتاب دو!" پیٹر نے کتاب واپس کھینچی۔ "نہیں، مجھے پڑھنے دو۔ یہ میری کتاب ہے۔" وہ چلایا۔ "میری! میری!" دونوں میں کھینچا تانی شروع ہوگئی اور کتاب بیچ میں سے پھٹ گئی۔ "امی! ہنری نے میری کتاب پھاڑ دی۔" پیٹر چلایا۔ امی، ابو

بھاگتے ہوئے کمرے میں آئے۔ "اف! تم لوگ ایک کتاب پر لڑ رہے ہو۔ میری سمجھ میں نہیں آرہا کہ میں کیا کہوں۔" امی سر پکڑ کر کرسی پر بیٹھ گئیں۔ "مگر مجھے سمجھ آرہا ہے۔" ابو بولے۔ "ہنری! اپنے کمرے میں جاؤ!" "ٹھیک ہے! جارہا ہوں۔" ہنری پاؤں پٹختے ہوئے اپنے کمرے میں آگیا۔

"مجھے یہ مقابلہ ہر حال میں جیتنا ہے! کیا کروں؟" وہ بے چینی سے کمرے میں ٹہل رہا تھا۔ گھر کی لائبریری میں بہت سی کتابیں رکھی ہیں۔ وہ ان سب کے نام اپنی لسٹ میں لکھ سکتا ہے۔ بہت آسان حل ہے! وہ خوش ہوگیا۔ پھر اچانک اس کو یاد آیا کہ اسے ہر کتاب کے بارے میں ایک رپورٹ بھی لکھنی ہے جو وہ کتاب پڑھے بغیر نہیں لکھ سکتا۔ مس بٹیل نے ساری مشہور کتابیں پڑھی ہوئی ہیں۔ اگر وہ ان کتابوں کے بارے میں غلط رپورٹ لکھے گا تو پکڑا جائے گا۔ اوہ! کیا کروں؟ ارے ہاں! وہ پیٹر کی لسٹ ادھار لے سکتا ہے۔ اس نے اپنی کتابوں پر رپورٹ بھی بنائی ہوگی۔ ہنری چپکے سے پیٹر کے کمرے میں گھس گیا۔ رپورٹ پیٹر کی ٹیبل پر رکھی تھی۔ "سنڈریلا، ریڈ رائڈنگ ہڈ، تھری بیٹرز، لٹل پرنس، سلیپنگ بیوٹی۔ اف! کیا ایسی بچکانہ کتابیں وہ مقابلے کی لسٹ میں شامل کرسکتا ہے؟" کرنی ہی پڑیں گی۔ تھیم پارک جانے کے لیے وہ کچھ بھی کرسکتا ہے۔ اس نے جلدی، جلدی کتابوں کے نام اور رپورٹ اپنے پاس نقل کرلی۔ زبردست! اب اس کی لسٹ میں پانچ کتابیں شامل ہیں لیکن پھر ہنری کو ایک خوفناک حقیقت کا احساس ہوا۔ مقابلہ جیتنے کے لیے پیٹر کی پانچ کتابیں ناکافی تھیں۔ اس نے اسکول میں سنا تھا کہ کلیور کلیئر ابھی تک سترہ کتابیں پڑھ چکی ہے۔ اب کیا کروں؟ ایک تو مس بٹیل نے ہر مشہور کتاب پہلے سے

ہی پڑھی ہوئی ہے۔ کوئی غلط رپورٹ بھی تو نہیں بنا سکتا ان پر اور پھر اچانک ہنری کے دماغ میں ایک شاندار خیال آیا اور وہ خوشی سے اچھل پڑا۔ مس بٹیل نے بے شک ساری مشہور کتابیں پڑھ رکھی ہوں گی لیکن انھوں نے دنیا میں چھپنے والی ہر کتاب تو نہیں پڑھی ہوگی۔ ایسی بہت سی کتابیں ہوں گی جو مس نے کبھی نہیں پڑھی ہوں گی۔ کتابیں، جو ابھی تک لکھی بھی نہیں گئیں! ہنری نے بیٹھ کر تیزی سے لکھنا شروع کیا۔ "چوہے کے سفری کارنامے۔" یہ ایک چوہے کی سفری داستان ہے جو شہر جا کر ایک بلی، ایک کتے اور ایک گائے سے ملا۔ دوسری کتاب: "چوہے نے دنیا کا چکر لگایا۔" اس کتاب میں ایک چوہے نے دریافت کیا کہ دنیا گول ہے۔ اچھا اب کچھ مختلف ہونا چاہیے۔ "لڑکا اور کتا" ہاں! نام اچھا ہے مگر اس کی کہانی کیا ہوگی؟ ہنری تیزی سے سوچ رہا تھا۔ "ایک لڑکے نے ایک کتا پالا، پھر وہ کتا کھو گیا، پھر لڑکے نے اسے ڈھونڈ لیا، ہاں یہ ٹھیک رہے گا۔" اس کے بعد اگلی کتابیں "دو کتے اور ایک لڑکا" دو لڑکے اور ایک کتا۔ "تین لڑکے اور دو کتے۔" ہنری لکھتا چلا گیا۔ جب کتابوں کے ناموں اور ان پر رپورٹ لکھنے سے چار صفحے بھر گئے تو ہنری کا ہاتھ لکھتے، لکھتے دکھنے لگا تو اس نے ہاتھ روک لیا اور کتابوں کی گنتی شروع کر دی۔ ستائیس کتابیں! وہ اب یہ مقابلہ جیت سکتا ہے۔

مقابلے کے نتیجے کا اعلان ہونے ہی والا تھا۔ ہنری کا دل زور زور سے دھڑک رہا تھا۔ اس کی کتابیں یقیناً سب بچوں سے زیادہ ہوں گی۔ وہ یہ مقابلہ جیت جائے گا۔ "سب بچوں نے مقابلے میں بڑھ چڑھ کر حصہ لیا اور اچھی، اچھی کتابیں پڑھیں۔ مگر انعام کا حقدار صرف ایک ہی بچہ ہو سکتا ہے۔" مس بٹیل کی آواز گونج رہی تھی۔

"اور وہ میں ہوں۔" ہنری نے سوچا۔ "تو بچو! مقابلہ کتب بنی جیتا ہے۔ کلیور کلیئر نے اٹھائیس کتابیں پڑھ کے!" ہنری سیٹ سے اٹھتے، اٹھتے واپس بیٹھ گیا۔ اف! اگر وہ صرف ایک اور کتاب "چھ کتے، دو چوہے اور تین لڑکے" اپنی لسٹ میں بڑھا لیتا تو وہ کلیور کلیئر کے برابر ہو سکتا تھا۔ اتنی سخت محنت کے بعد بھی وہ ہار گیا تھا۔ اس نے مٹھیاں بھینچیں۔ ادھر کلیور کلیئر مسکراتی ہوئی ہال کے اسٹیج پر گئی۔ "ویل ڈن کلیئر!" مس بٹیل مسکرائیں اور اس کی لسٹ ہوا میں لہرائی۔ "لسٹ میں میری پسندیدہ کتاب اوہنری کی کہانیوں کا مجموعہ "خوش باش شہزادہ" بھی شامل ہے۔" وہ کہتے کہتے رک گئیں۔ اوہ کلیئر! تم نے غلطی سے خوش باش شہزادہ دوبار اپنی لسٹ میں لکھ دیا ہے۔ خیر کوئی بات نہیں، میرے خیال میں ستائیس کتابیں بھی کسی بچے نے نہیں پڑھی ہوں گی اس لیے اب بھی یہ مقابلہ تم نے ہی جیتا ہے۔"

"میں نے ستائیس کتابیں پڑھی ہیں!" ہنری چیخا اور کودتے پھاندتے اسٹیج پر چڑھ گیا۔ "تھیم پارک! تھیم پارک! مجھے میرا انعام دو۔" اس نے کلیئر کے ہاتھ سے تھیم پارک کے ٹکٹ چھینتے ہوئے کہا۔ "یہ میرا ہے۔" کلیئر نے ٹکٹ دوبارہ چھین لیا۔ مس بٹیل سنجیدہ ہو گئیں۔ انھوں نے ہنری کی لسٹ کا جائزہ لیا۔ "میں نے کبھی لڑکے اور کتے والی سیریز نہیں پڑھی، نہ ہی اس کے بارے میں کہیں سنا ہے۔"

"شاید اسی لیے کیوں کہ یہ آسٹریلین سیریز ہے۔" ہنری نے ڈھٹائی سے کہا۔ مس بٹیل نے اسے گھور کر دیکھا مگر کچھ کہہ نہ سکیں، بڑی مشکلوں سے انھوں نے مسکراتے ہوئے کہا۔ "یہ مقابلہ برابر رہا ہے۔ اس لیے تم دونوں کو ہی تھیم پارک کا ایک، ایک فیملی ٹکٹ دیا جائے گا۔ اس تھیم پارک کا نام ہے: "کتابوں کی دنیا۔" تم

دونوں کو انعام بہت، بہت مبارک ہو۔" ہنری جو خوشی سے اچھل رہا تھا یک لخت اپنی جگہ رک گیا۔ "کتابوں کی دنیا؟ نہیں! اس نے کچھ غلط سن لیا ہے۔"

"کتابوں کی دنیا ایک نیا تھیم پارک ہے جہاں آپ لوگ تیز رفتاری سے کتابیں پڑھنے کا مقابلہ کر سکتے ہیں، لائبریری سے کتابیں ڈھونڈنے کے آسان طریقے سیکھ سکتے ہیں۔ اسپیلنگ کے مقابلوں میں حصہ لے سکتے ہیں۔ اس کے علاوہ بے شمار موضوعات پر بے شمار کتب وہاں موجود ہیں جن سے آپ لطف اندوز ہو سکتے ہیں۔" مس بٹیل کہہ رہی تھیں۔

"نہیں!" ہنری کی چیخ تالیوں کی گونج میں دب کر رہ گئی۔

***

۹

ایپرن

مصنف: Victoria Wood

ترجمہ: گل رعنا

انگریزی ادب میں باتوں کو بڑھا چڑھا کر بیان کرنے سے مزاح پیدا کیا جاتا ہے لیکن وکٹوریا ووڈ کی اس کہانی کو پڑھ کر مجھے ان سجے سجائے ریستورانوں، مٹھائی کی دکانوں اور مشہور ڈیپارٹمنٹل اسٹورز کا خیال آیا جہاں بظاہر صاف ستھری نظر آنے والی اشیا در حقیقت گندے اور ناقص طریقوں سے تیار کی جاتی ہیں۔ اگرچہ اخبارات اور ٹی وی ہماری توجہ اس طرف مبذول کراتے رہتے ہیں لیکن ہم پھر بھی ان جگہوں پر جانا، خریداری کرنا اور کھانا نہیں چھوڑتے (مترجم)

یہ شہر کی ایک معروف سپر مارکیٹ ہے جس کے ایک کیش کاؤنٹر پر ایک خاتون گاہک بے صبری سے اپنے سامان کا انتظار کر رہی ہیں۔ ایک نہایت ہی سست لڑکی ان کا بل بنا رہی ہے۔ اس وقت وہ گوشت کا ٹن اُلٹ پلٹ کر دیکھ رہی ہیں۔

ملازم لڑکی: "اس ٹِن کے اوپر تو قیمت ہی نہیں لکھی ہے۔ کیا آپ کو معلوم ہے

کہ یہ ٹِن پیک کتنے کے ہوتے ہیں؟"

گاہک: "جی نہیں، مجھے نہیں معلوم۔"

ملازم لڑکی اِدھر اُدھر دیکھتی ہے اور پھر ٹِن اُٹھا کر اندر جانے لگتی ہے۔

"میں بس دو منٹ میں آئی۔" اس نے کہا۔

گاہک: "جی اچھا۔"

ایک طویل وقفہ

ملازم لڑکی: "آج ہمارے ہاں اسٹاف بہت کم ہے۔ اصل میں جو لوگ یہاں کام کرتے ہیں اُنھیں کھانے پینے کی پرانی اشیا سستے داموں مل جاتی ہیں اور اگر گوشت زیادہ پرانا ہو تو اسے کھانے سے موت بھی واقع ہو سکتی ہے۔ میرے خیال میں جو لڑکی سامان کی قیمتیں چیک کرتی ہے اس کو فوڈ پوائزن ہو گیا ہے یا شاید وہ مر گئی ہے۔"

گاہک: "کیا واقعی؟ ویسے میرا خیال تھا کہ جو لوگ کیش کاؤنٹر پر ہوتے ہیں اُنھیں ساری قیمتوں کا پتا ہوتا ہے!"

ملازم لڑکی: "میرا آج یہاں کیش کاؤنٹر پر پہلا دن ہے۔ میں پہلے گوشت پیکنگ کے شعبے میں تھی۔ پھر ایک ملازم کے انتقال کے بعد اس کا ایپرن خالی ہوا تو مجھے یہاں کاؤنٹر پر کام دے دیا گیا۔"

گاہک: "لیکن کیا تم گوشت کی پیکنگ ایپرن پہن کر نہیں کرتی تھیں؟"

ملازم لڑکی: "جی نہیں۔۔۔ ایپرن صرف کاؤنٹر پر کھڑے ہونے والے ملازمین کو دیے جاتے ہیں۔ باقی لوگوں کو اپنے گھر سے کوئی نہ کوئی کپڑا لانا ہوتا ہے۔

میں اپنے کتے کا کمبل لے کر آتی ہوں۔"

گاہک: "لیکن جہاں کھانا تیار یا پیک ہو رہا ہو وہاں تم کتا نہیں لا سکتیں!"

ملاز لڑکی: "میں کتا نہیں لاتی ـــ۔ وہ تو مر چکا ہے۔ اس کا نام جیکی تھا۔ اس نے یہاں بکنے والے کباب کھا لیے تھے۔"

گاہک: "لیکن تم کیا گوشت پیک کرتے ہوئے دستانے بھی نہیں پہنتیں؟"

ملازم لڑکی: "جی بالکل! میں اُونی دستانے پہنتی ہوں کیوں کہ مجھے ہر وقت نزلہ رہتا ہے۔ میں اپنے دستانوں سے ہی تو ناک صاف کرتی ہوں۔ مجھے گوشت پیک کرنے والا شعبہ پسند تھا۔ وہاں اے سی بھی نہیں چلتا تھا اور بالکل ٹوائلٹ کے قریب تھا۔"

گاہک: "اُف! مجھے یہ سب کچھ سن کر سخت کراہت محسوس ہو رہی ہے۔ اس شعبہ کا انچارج کون ہے؟"

ملازم لڑکی: "مسٹر ٹام ـــ۔ لیکن وہ آج یہاں موجود نہیں ہیں۔ دراصل وہ ہر جمعرات کو اپنا علاج کرانے کسی ڈاکٹر کے پاس جاتے ہیں۔ میں آپ کی سبزیاں پیک کر دیتی ہوں۔"

وہ بولتے بولتے کھانسنے لگی، اس کا منھ سبزیوں کی طرف تھا۔ اس نے کھانستے ہوئے کہا: "سوری! مجھے سوسن سے کھانسی لگ گئی ہے۔ وہ ڈیری سیکشن میں ہوتی ہے اور یہاں کا کھٹا دودھ اور دہی استعمال کرنے سے اس کا گلا ہمیشہ خراب رہتا ہے۔"

گاہک (ناگواری سے): "آپ پھول گوبھی کے اوپر کھانس رہی ہیں۔"

ملازم لڑکی: "معذرت!" اس نے پھول گوبھی کو اپنے ایپرن سے رگڑ کر

صاف کیا۔

گاہک: "ارے بھئی! اب اور کتنی دیر لگے گی؟"

ملازم لڑکی: "کیا آپ چاہتی ہیں کہ میں سپر وائزر سے پوچھوں؟"

گاہک: "جی ہاں! شکریہ۔"

ملازم لڑکی انٹر کام پر بات کرتی ہے۔

ملازم لڑکی: "ہیلو!"

انٹر کام: "ہیلو!"

ملازم لڑکی: "ہیلو مسز برمی! میں ماریہ ہوں۔"

انٹر کام: "ہیلو ماریہ! تم سے بات کر کے مجھے خوشی ہو رہی ہے۔"

ملازم لڑکی: "مجھے بھی آپ سے بات کر کے خوشی ہو رہی ہے۔ اب آپ کے پھوڑے، پھنسیوں کا کیا حال ہے؟"

انٹر کام: "بہت بُرا حال ہے۔"

ملازم لڑکی: "اوہ! تو گویا آپ کو سبزیوں کے شعبے میں ٹرانسفر کرنے کا کوئی فائدہ نہیں ہوا۔ خیر! اس وقت میں نے اس لیے فون کیا تھا کہ یہاں ایک خاتون موجود ہیں جو ایک ایسا ٹِن لائی ہیں جس کے اوپر کوئی قیمت درج نہیں ہے۔"

انٹر کام: "کیا اس پر مٹی اور زنگ لگا ہوا ہے؟"

ملازم لڑکی: "جی ہاں! لیکن شاید یہ صاف ہو جائیں گے۔"

وہ میلی جھاڑن سے ڈبہ صاف کرتی ہے۔ "ایکسپائری ڈیٹ دس مئی ۲۰۱۹ء۔۔۔ نہیں ہولڈ کریں۔۔۔" وہ ڈبہ مزید رگڑتی ہے۔ "۲۰۱۷ء"

انٹر کام: "دوسو روپے۔"

ملازم لڑکی: "دوسو روپے۔۔۔ شکریہ۔"

گاہک: "آج دس مئی ۲۰۱۸ء ہے، آپ کا مطلب ہے کہ یہ گوشت ایک سال پہلے خراب ہو چکا؟"

ملازم لڑکی: "مجھے معلوم نہیں، بعض دفعہ ہمارا عملہ ہاتھ سے بھی ایکسپائری ڈیٹ لکھ دیتا ہے۔" وہ اب بل تیار کر چکی ہے۔

گاہک: "یہ جگہ قابل نفرت ہے! انتہائی غلیظ، کھانا حفظان صحت کے منافی، صفائی کا ناقص انتظام اور پھر یہاں کا تمام عملہ بیمار ہے۔۔۔ اُف توبہ!"

ملازم لڑکی: "آپ کا بل صرف پانچ سو تین روپے ہے میڈم! یہ لیجیے!"

گاہک: (سامان لیتے ہوئے) "دوسری بات یہاں سامان بہت سستا ملا ہے اور یہاں پارکنگ کی جگہ بھی آسانی سے مل جاتی ہے۔ اس لیے مجھے کوئی شکایت نہیں! خدا حافظ۔"

***

منتخب دلچسپ کہانیوں کا ایک اور مجموعہ

کہانی محفل

مرتبہ : سید حیدرآبادی

بین الاقوامی ایڈیشن جلد منظر عام پر آرہا ہے